Mikesch und ihre Kleinen

Andrea Wagner

MIKESCH UND IHRE KLEINEN

*Eine Katzengeschichte
aus der Mongolei*

Für meine Eltern,
die mir mein erstes Kätzchen
geschenkt haben.

Bibliografische Information der Deutschen Nationalbibliothek:
Die Deutsche Nationalbibliothek verzeichnet diese
Publikation in der Deutschen Nationalbibliografie;
detaillierte bibliografische Daten sind im Internet über
http://dnb.d-nb.de abrufbar.

© 2007 Andrea Wagner
Lektorat, Umschlaggestaltung, Satz, Herstellung und Verlag:
Books on Demand GmbH, Norderstedt
ISBN: 978-3-8334-8148-2

Inhaltsverzeichnis

1. Kapitel

Wie ich Mikesch kennen lernte

Es war ein hektischer Tag gewesen. Ich wollte nur noch nach Hause, um endlich alles hinter mir zu lassen. Im Hausflur hörte ich Geräusche, Gerede, Gelächter. Ach ja, die gegenüberliegende Wohnung sollte ausgeräumt werden. Viele Leute waren gekommen, um sich die Möbel anzuschauen und vielleicht das eine oder andere Stück zu erwerben. Zwischen den vielen Menschen stand plötzlich eine Katze. Wie sie in den zweiten Stock gekommen war, wo doch Katzen in der Mongolei meistens einen großen Bogen um Menschen machen, blieb rätselhaft.

Schwarz, groß und lang, mit ihrem schwarzweißen Gesicht und weißen Flecken am Bauch sah die Katze wunderschön aus. An den Hinterpfoten hatte sie weiße »Stiefel« und an den Vorderpfoten weiße »Handschuhe«. Nun ja, wenn ich ehrlich bin, muss ich sagen, dass die Pfötchen alle schmutziggrau waren, denn wie soll eine Straßenkatze bei dem ständigen Staub und Dreck wirklich sauber bleiben? Das ist in einer Stadt wie Ulan Bator nicht möglich. Trotzdem: Das Gesamtbild wirkte hochelegant und wunderschön. Die gelben Katzenaugen schauten mich an. Die Katze maunzte.

Es war einfach unfair! Nicht allein die Farbe faszinierte mich (bei Schwarz werde ich von alleine schwach, bei einer so ausgefallen schönen Fellzeichnung sowieso), auch das Maunzen wirkte so gekonnt, dass ich einfach keine Wahl hatte: auf die Katze zugehen, niederknien, zurückmaunzen und streicheln … das war alles eins.

Der Rücken wölbte sich mir entgegen, und das Köpfchen rieb sich an meinen Beinen. Das Fell war struppig – definitiv eine Straßenkatze, so glaubte ich. Die gelben Augen schauten mich abschätzend an. Und wieder wand sich der große, schwere Körper der Hand entgegen. Ein lautes Schnurren ertönte. Ich wusste sofort, ich hatte einen neuen Freund gefunden.

Endlich eine Katze! In der Mongolei sieht man zwar viele Hunde – in der Stadt rotten sich die Straßenhunde manchmal zu Rudeln zusammen –, aber Katzen waren mir bisher nur sehr wenige begegnet, die meisten davon leider tot auf der Straße liegend. Die meisten Mongolen halten nicht viel von Katzen. Alte Geschichten und Legenden, Sprüche und Tradition halten diese Ablehnung auch im 21. Jahrhundert überall am Leben.

Die Katze ist kein einheimisches mongolisches Tier. Mongolen können deshalb mit Katzen nicht viel anfangen. Ihr einziger Nutzen besteht in ihrer Fähigkeit als Mäusefänger, die aber bei der ursprünglichen nomadischen Lebensweise nicht gebraucht wird.

Nun, wie dem auch immer sei – das alles konnte mich nicht beeinflussen, denn *ich liebe Katzen*! Mein ganzes Leben lang sind Katzen stets etwas Besonderes für mich gewesen: Freunde, Spielgefährten, Schmusetiere und Psychiater. Ich bin mit ihnen aufgewachsen, und ihre Körpersprache und ihr Vehalten sind mir vertraut. Aber ach, wie lange war es her, dass ich eine Katze mein eigen nannte!

So ist es, das Erwachsenenleben: Vernunftgründe halten die Gefühle im Zaum; und wenn man ehrlich ist, sind es Feigheit und Bequemlichkeit, die die Tiere und die Natur aus unserem ach so hygienischen und durchorganisierten Dasein verdrängt haben. Doch ich hatte genug von allen Vernunftgründen! Hier und jetzt war eine Gelegenheit gekommen, an alte

Gefühle anzuknüpfen. Und für die Katze mochte es wohl auch eine Bereicherung sein; musste sie sich doch in einem Land durchschlagen, dessen Menschen es ihr nicht leicht machten.

In der Mongolei sagt man, dass der Hund der Freund des Menschen und ihm treu ist. Eine Katze aber, heißt es, sitzt zu Hause und wartet darauf, dass ihr Mensch stirbt.

Meine neue Freundin – denn es handelte sich um eine weibliche Katze – kam mich nun regelmäßig besuchen. Anfangs war meine Gastfreundschaft natürlich etwas eingeschränkt. Ich hatte nichts Passendes zum Essen anzubieten, es gab kein Katzenklo und natürlich auch keinen Kratzbaum.

Aber die Katze war ein sehr genügsames Tier: ein Schälchen mit Milch, ein gerührtes Ei, etwas übrig gebliebene Dosenwurst und jede Menge Streicheleinheiten genügten ihr. Ich gebe zu, die Streicheleinheiten brauchte ich selbst genauso wie die Katze. Sie machte es sich genüsslich auf dem Teppich bequem und streckte alle vier Beine in äußerstem Wohlbehagen aus. Nein, so ganz perfekt war es noch nicht. Den Kopf ein bisschen schief gelegt, und schon war der Finger an der richtigen Stelle, genau da, wo das Streicheln so gut tut. Die schmutziggrauen Pfoten zuckten in Ekstase … ach, war das schön! Bitte weiterstreicheln.

Und wie das so ist, wenn man einen Freund hat: Man möchte sich mit ihm unterhalten und ihn beim Namen rufen. Das schwarze Fell mit den weißen Hinterpfoten, die wie Stiefelchen wirkten, dazu das schwarzweiße Gesicht mit den weißen Barthaaren … meine wunderschöne Freundin erinnerte mich lebhaft an Kater Mikesch aus der Augsburger Puppenkiste, eine der schönsten Katzengeschichten aus meiner Kindheit. Und so wurde aus »Na du, wer bist du denn? Wo kommst du denn her?« ganz einfach – Mikesch.

2. Kapitel

Freundschaft zwischen Mensch und Tier

Von nun an entwickelte sich eine schöne Routine: Wenn ich abends nach Hause kam, sprang mir Mikesch entgegen, folgte mir die Häuserreihe entlang bis hinauf in den zweiten Stock und in die Wohnung. Die Mongolen, die uns beobachteten, konnten es nicht fassen.

Um Katzen ranken sich religiöse Mystik und Aberglaube. Der Katze wird ein schlechtes Karma (buddhistisch) zugeschrieben, sie gilt als Unglücksbote. Vor ihren Raubtieraugen haben viele Menschen regelrecht Angst. Sie meiden Katzen deshalb wo sie können. Eine solche Einstellung heutzutage, im 21. Jahrhundert? Aber das Wissen darum hilft, die extremen Reaktionen gegenüber Katzen im Europa des Mittelalters besser zu verstehen.

Manchmal läuft ein streunender Hund hinter einem Menschen her, weil er sozialen Anschluss sucht. Wenn der Mensch ihn dann streichelt oder füttert, bleibt der Hund ihm natürlich auf den Fersen. Aber meistens geht er nur bis zur nächsten Kreuzung mit, weil dann oft sein Revier endet.

Mit Mikesch und mir war das anders. Wann ich auch nach Hause kam, Mikesch kam mit Riesensprüngen auf mich zu, maunzte und folgte mir. Meistens lief sie mir um die Beine und bestand auf einer kurzen Berührung, bevor wir gemeinsam in Richtung Wohnung weitergingen. Oft lief sie neben mir die Treppen hoch; manchmal rannte sie auch voran und wartete dann oben an der Tür. Da sie auf ihren Namen Mikesch (mit langem »i«) reagierte und ankam, während sie um die mongolischen Wächter, Putzfeen und sonstigen Besucher einen großen Bogen machte, wirkte unsere Freundschaft wohl auf unsere Zuschauer wie Hexerei. Dabei war es einfach nur eine Routine, die uns beiden gut tat.

Wenn wir in der Wohnung angekommen waren, gab es zuerst Abendessen. Danach folgte eine Schmusestunde, die mit der Zeit immer ausgedehnter wurde. Sodann suchte sich Mikesch ein Plätzchen zum Schlafen (nicht im Bett, aber vor dem Bett war es ja auch ganz gemütlich) und blieb die ganze Nacht, denn es war April, und nachts gab es noch regelmäßig Frost. Am nächsten Morgen fand ein kurzes Frühstück statt, und dann ging's hinaus an die frische Luft bzw. für mich zur Arbeit.

Nach wenigen Tagen schon wurde mir klar, dass ich keineswegs eine Straßenkatze aufgelesen hatte. Vielmehr hatte ich es mit einer Katze zu tun, die vorher in einer Wohnung gelebt haben musste. Absolute Sauberkeit war angesagt, und manchmal wurde ich morgens um drei Uhr wachgemaunzt, weil Mikesch mal musste und raus wollte. Niemals wurden Pflanzen angeknabbert, niemals mein Nippeskram umgeworfen. Tische, Sofas und Bett waren tabu. Ohne dass ich je einen Handschlag dazu beigetragen hätte, hatte ich die besterzogene Katze, die ich mir wünschen konnte. Es hätte endlos so weitergehen können. Aber ganz so ruhig dahinplätschernd läuft das Leben nicht.

Nach etwa einer Woche merkte ich beim Streicheln, dass das Bäuchlein immer runder und umfangreicher wurde. Kein Zweifel: Mikesch war trächtig! Einen Kater hatte ich in der Nachbarschaft schon gesehen. Er war grau getigert, schrecklich schmutzig und verwahrlost und hatte nur einen kurzen Schwanzstummel. Dazu passte, dass er sofort panikartig flüchtete, wenn man ihn nur ansah. Sein Verhalten war eindeutig: Irgendjemand hatte ihm Böses zugefügt, und er war nicht gewillt, einem Menschen noch einmal eine Chance zu geben. Dieser Kater mochte nun also der Vater der noch ungeborenen Kätzchen sein.

Es gab noch einen zweiten Kater in der Nähe. Er wohnte ein paar Häusereingänge weiter und wurde ab und zu ins Freie gelassen: ein schöner, hell getigerter, schlanker, eleganter Katzenherr, der vertrauensvoll und offen auf die Menschen zuging und sich schon bei unserer ersten Begegnung von mir streicheln ließ. Vielleicht hatte Mikesch ja auch mit ihm ein paar Schäferstündchen gehabt. Und dann war sie selbst ja auch eine Schönheit: Ihre kleinen Kätzchen würden sicher wunderhübsch werden!

Die Streichel- und Schmusestunden nahmen noch zu, denn Mikesch brauchte viel Zuwendung. Obwohl wir uns ja erst kürzlich kennen gelernt hatten, durfte ich sie überall anfassen, sogar am immer empfindlicher werdenden Bäuchlein, das bald dick und rund wie ein Ballon wurde!

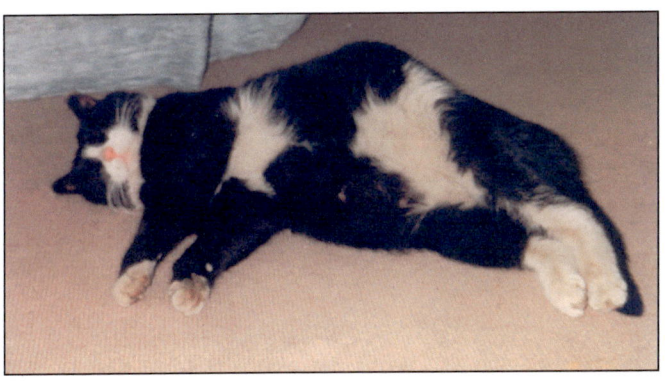

Wie ein unförmiges Fass walzte Mikesch nun durch die Gegend. Die Portionen, die sie verschlang, wurden immer größer. Anfangs schien es noch so, als hätte Mikesch viele Futterquellen (in unserer Häuserreihe wohnten fast nur Ausländer, da konnten durchaus einige Katzenliebhaber und auch Zufütterer vertreten sein). Aber später, gegen Ende der Tragezeit, blieb sie immer häufiger bei mir in der Wohnung, auch nachts. Und obwohl die letzten Tage nicht einfach für sie waren – sie konnte sich kaum mehr bequem setzen oder legen –, beantwortete sie mein Streicheln niemals anders als mit einem Maunzen. Wenn ich an eine falsche Stelle kam und es wehtat, wurde das Maunzen anklagend oder jämmerlich, aber niemals biss sie zu oder krallte ihre Pfote in meine Hand. Was für ein wunderbares Vertrauen von diesem Tier, das mich doch noch gar nicht so lange kannte!

Es war nun Anfang Mai. In der Mongolei bedeutete das noch keinesfalls Frühling. Die Nächte waren immer noch empfindlich kalt (knapp über dem Gefrierpunkt), und nur wenn tagsüber die Sonne schien, erwärmte sich auch die Erde. Blieb der Himmel wolkenverhangen, kletterten die Tagestemperaturen nicht über 10°C.

Wo sollte Mikesch nur ihre Kleinen zur Welt bringen? Um unsere Häuser herum gab es kaum Verstecke. Eine Ecke mit Müllcontainern, ein Basketballplatz, kleine viereckige Löcher in den Häuserwänden, die in die Keller führten, und ein paar abgestellte Container, in denen sich Stromgeneratoren und andere Dinge befanden.

In Gedanken ging ich immer wieder eine ganz bestimmte Möglichkeit durch: Was, wenn es Mikesch einfiele, ihre Kätzchen in meiner Wohnung zu werfen? Nun, das wäre nicht das Schlimmste. Mein Wohnzimmer konnte ich absperren, und Mikesch war so sauber, man konnte ihr absolut vertrauen, tagsüber mit ihren Kleinen alleine zu sein, denn ich musste ja arbeiten. Es musste also möglich sein, mit einem großen Pappkarton (ich hatte vom Umzug noch viele solcher Kartons) und einer weichen

Decke an einer geschützten Stelle eine Kinderstube einzurichten.

Aber dann der Schreck: Ich hatte ja zwei Wochen Urlaub gebucht! Mitte Mai wurde ich im tausend Kilometer entfernten Peking erwartet! Ich war hin- und hergerissen zwischen einem Urlaub zu Hause mit Katzenkindern und einer Auszeit mit einem Klimawechsel, den ich wirklich dringend gebrauchen konnte.

Mikesch aber war mit den Gegebenheiten in meiner Wohnung nicht zufrieden – alles war zu exponiert. Nirgends gab es wirklich eine dunkle Höhle, die für die Babys geeignet gewesen wäre. Immer wieder versuchte sie, sich hinter Schränke und Regale zu zwängen, aber nein! Menschen hatten einfach keinen Sinn für versteckte Plätze, und ihre Wohnungseinrichtung war in dieser Hinsicht schlichtweg mangelhaft.

Ich weiß im Nachhinein nicht, was ich getan hätte, wenn es wirklich eines Nachts in meiner Wohnung losgegangen wäre. Gewiss hätte ich Mikesch nicht auf die Straße gesetzt! Aber es kam zum Glück anders.

Zwei Tage vor meiner Abreise nach Peking erzählten mir zwei Nachbarkinder, sie hätten Mikesch gesehen, und sie sei »jetzt dünn geworden«. Nun muss man Kindern ja nicht alles wortwörtlich glauben, aber es fiel mir doch ein Stein vom Herzen. Wenn das stimmte, dann hatte meine kluge Mikesch vorgesorgt und einen geeigneten Platz gefunden. Sie hatte geboren, und sie hatte es gut überstanden. Ob die Kätzchen lebten oder nicht, wie viele es waren und wie sie aussahen, das würde ich sowieso nicht sofort erfahren. Sicher hatte Mikesch sie gut versteckt. Sie würde auf sie aufpassen und sie frühestens in vier oder fünf Wochen ihrer Menschenfreundin vorführen ... wenn überhaupt.

Ich sah Mikesch vor meiner Abreise nicht mehr, fuhr aber doch beruhigt nach Peking, denn ein lieber Kollege hatte sich bereit erklärt, Mikesch zu füttern, wenn sie auftauchte.

3. Kapitel

Wo sind die Katzenkinder?

Zwei Wochen später kam ich zurück, und natürlich wollte ich sofort wissen, was mit Mikesch sei. Der Kollege erzählte mir, er habe Mikesch nur zweimal gesehen und natürlich gestreichelt und gefüttert. Ja, sie habe geboren, und sie sehe auch gut aus. Er wisse aber nicht, wo die Katzenkinder seien. Sie habe sie gewiss an einem sicheren Ort verborgen.

Nun blieb mir also nur noch, darauf zu hoffen, dass Mikesch mir einmal genau dann über den Weg lief, wenn ich nach Hause kam, denn sicher verließ sie ihre Kinderschar nicht länger als unbedingt nötig.

Es dauerte genau drei Tage. Ich kam vom Einkaufen nach Hause, beladen mit Tüten und Taschen, als plötzlich ein schwarzweißer Fleck aus dem Nichts vor mir auftauchte. »Miau. Da bist du ja endlich. Wo warst du denn?« Das war eine Freude! Und schon spulten wir die alte Routine ab: Begrüßung, Abendessen, streicheln … Aber dann wollte Mikesch wieder hinaus, denn irgendwo warteten winzig kleine Katzenbabys auf ihre nächste Milchration.

Am folgenden Tag wiederholte sich die Routine, und da hielt ich es nicht mehr aus: Ich folgte Mikesch nach draußen und wollte hinter ihr hergehen. Aber entweder wurde ich noch nicht für würdig befunden, die Kätzchen zu sehen, oder Mikesch missverstand meine Absicht: Jedesmal, wenn sie mich sah, drehte sie um und kam auf mich zu, um sich eine erneute Portion Streicheleinheiten abzuholen – schließlich war ich einfach zwei Wochen lang verschwunden gewesen. Und das Streicheln musste nun nachgeholt werden.

Also keine Chance, die Babys zu finden. Mikesch führte mich nicht freiwillig an den geheimen Platz, und ich musste ihre Entscheidung wohl oder übel respektieren. Früher oder später, so glaubte ich, würde ich schon erfahren, wie viele Babys sie geboren hatte und wie sie aussahen.

Eine Hausangestellte in unserem Haus war es, die Mikesch bei mir verpetzte. »Ich weiß, wo die Babys sind«, sagte sie, und da hielt mich natürlich nichts mehr. Sie führte mich zu einem der Container auf dem Gelände, unter denen sich Abfälle, Bauschutt und ähnlicher Dreck befanden. Und als ich unter den finsteren Container schaute, sah ich dort kleine Öhrchen und Augen und die Umrisse von zwei winzigen Körpern. Es rumorte dort unten, und sicher gab es mehr als zwei Katzenkinder, aber Genaueres war im ersten Moment nicht zu sehen.

Beim zweiten Besuch war es schon einfacher. Mit einer Taschenlampe bewaffnet suchte ich die Katzenhöhle ab. Vier oder fünf kleine Körperchen bewegten sich dort, zwei schienen schon sehr munter und turnten auf dem unebenen Boden herum.

Einmal überraschte ich eines der Kleinen mit dem Strahl meiner Lampe, und ein lautes Fauchen war zu hören!

Mikesch kam hinzu, und ich beschloss, die Futterrationen auf zwei Plätze auszudehnen. Ich stellte Schüsselchen mit Milch und Trockenfutter vor den Container, denn sie musste ja die meiste Zeit bei ihrem Nachwuchs verbringen.

Als ich die Katzenfamilie zum dritten Mal besuchte, hatte Mikesch wohl entschieden, dass sie mir vertrauen konnte. Ich war zwar einfach so verschwunden, aber schließlich war ich zurückgekommen und noch genauso wie früher, denn ich streichelte und fütterte. Das genügte. Sie saß neben mir vor dem Container und maunzte. Und tatsächlich, die Kleinen kamen aus der Höhle hervor ans Tageslicht und zu ihrer Mutter.

Das erste Katzenkind, das ich sah, war klein und schwarz. Es hatte übergroße Augen und Ohren, und die Beinchen waren noch schwach. Es wackelte mehr, als es lief, und kämpfte sich auf dem holprigen Boden zu seiner Mutter und an ihre Zitze vor. »Kleines Prinzesschen!«, rief ich spontan aus und streichelte es vorsichtig am Kopf, um es nicht aus dem mühsam erkämpften Gleichgewicht zu bringen. Ein zweites war grau, verschwand aber sofort wieder unter dem Container, als es mich entdeckte. Trotz Mikeschs Maunzen traute es der Sache nicht so ganz. Und dann kam noch ein weiteres Kätzchen an. Es war wirklich allerliebst: komplett schwarz mit weißer Brust und weißen Pfotenspitzen! Na, bei dieser Fellzeichnung hatte eindeutig Mama Pate gestanden.

Unter dem Container rumorte es immer noch, aber die anderen Kätzchen ließen sich nicht blicken. Die beiden mutigen Kleinen nuckelten an Mamas Zitze, ließen sich ganz vorsichtig von mir streicheln, und das Allerkleinste schaute mich unverwandt etwas verwirrt mit großen Augen an. Es fixierte mein Gesicht richtig, während es seine Mahlzeit einnahm. Was mochte es in diesem Moment wohl denken und empfinden?

Insgesamt drei- oder viermal besuchte ich die Babys bei ihrem Versteck unter dem Container. Wenn Mikesch dabei war, hatte ich die Chance, die Kleinen zu sehen, denn sie maunzte das eine oder andere für mich aus dem Versteck. Waren die Kleinen alleine und Mikesch unterwegs, spielten und liefen sie in ihrem Revier herum, wagten sich aber nie aus der Sicherheit ihrer Höhle hinaus. Dieses Gesicht, das sie immer wieder von da draußen beobachtete, konnte schließlich gefährlich sein!

Insgesamt dauerte die Idylle unter dem Container nur wenige Tage an. Und wenn ich ehrlich bin, eine Idylle war es nicht wirklich, denn nachts wurde es immer wieder empfindlich kalt. Obwohl es Anfang Juni war, schneite es nochmals kurz. Die Sonne taute die Flocken zwar gleich wieder auf, aber nun war es nasskalt und matschig. Nicht gerade angenehm!

4. Kapitel

Mensch als Babysitter gesucht

Dann kam jener Sonntag, den ich nie vergessen werde, der mein Leben veränderte und mir eine Entscheidung mit Folgen abrang.

Obwohl ich eine Schlafmütze bin und am Wochenende selten vor elf Uhr aus dem Bett finde, stand ich an jenem Sonntag schon um acht Uhr früh in der Küche, um mir einen Tee zu kochen. Ich hörte ein Maunzen vor der Tür. »Ach, das ist Mikesch, die sich ihr Frühstück holen will«, dachte ich. Aber Pustekuchen. Als ich die Tür öffnete, schaute mich ein kleines getigertes Kätzchen völlig erschrocken aus riesengroßen Augen an. Es kauerte auf dem Türvorleger und wusste nicht, was es tun oder in welche Richtung es rennen sollte. So schnell ich konnte und bevor es womöglich auf die Treppe zulief und herunterpurzelte, schnappte ich es und hielt es an meine Brust gedrückt. Es machte sich ganz locker und blieb still. Wie mochte es zu mir in den zweiten Stock gekommen sein?

Was für eine dumme Frage. Ein typischer Sonntagmorgen-Gedanke. Etwas, das einen befällt, wenn man noch nicht ausgeschlafen ist und eigentlich noch nicht richtig denken kann. Denn nur Mikesch konnte das Kleine vor die Tür gesetzt haben. Aber wo zum Kuckuck war Mikesch?

Ich rief im Treppenhaus nach ihr, und nach einer kurzen Verzögerung antwortete sie – vom unteren Stockwerk. Schnell lief ich ihr mit meiner kostbaren Fracht entgegen. Und da kam sie schon auf mich zu – mit einem zweiten getigerten Etwas in der Schnauze! Sie ließ ihr Paket fallen, schaute mich an und maunzte. Selbst ein Anfänger in puncto Katzensprache hätte diesen Blick und dieses Maunzen übersetzen können: »Das sind die ersten beiden, ich hole schon mal das nächste.« Und als ich das zweite Kätzchen aufnahm, drehte sie prompt ab und lief die Treppen hinunter.

Vor ihrer Niederkunft hatte ich mir tagelang den Kopf zerbrochen, was ich nur anfangen würde, sollte sie die Kätzchen in meiner Wohnung zur Welt bringen. Das Ergebnis meiner Gedanken war damals, dass ich im schlimmsten Falle auf meinen Urlaub verzichtet und mich um die Katzen gekümmert hätte. Es wäre schließlich wunderschön gewesen, nach so vielen Jahren wieder einmal Katzenbabys zu erleben.

Und nun, nachdem ich meinen Urlaub genossen hatte und für die nächsten Monate garantiert zu Hause sein würde, konnte dieser Notfallplan doch bestens zum Einsatz kommen. Ich trug also meine – nun doppelt kostbare – Last hoch in die Wohnung, packte sie kurz auf mein Bett (denn die beiden Kätzchen waren noch zu klein, um von dort entkommen zu können, sie waren ja gerade mal drei Wochen alt) und bereitete einen großen Pappkarton mit einem weichen alten Pullover vor. Dort hinein setzte ich die beiden, die froh waren, wieder in einer dunklen, geschützten Höhle zu sein, denn den Karton konnte man oben schließen. Dann eilte ich Mikesch hinterher.

Draußen war es nass, kalt und matschig. Allein die wenigen Schritte von der Wohnungstür bis zum Container durchweichten meine Schuhe und Strümpfe. Igitt! Kein Wunder, dass Mikesch nach einem gemütlicheren Plätzchen für ihren Nachwuchs suchte. Sie saß vor dem Container und hatte bereits das dritte Kätzchen in der Schnauze. Ich nahm es ihr ab und setzte es in meinen Pullover. Nach und nach maunzte sie die restlichen Kätzchen zu sich heran. Mit den drei verbliebenen Katzenkindern im Pullover, direkt auf meiner warmen Haut, und natürlich Mikesch im Schlepptau, denn sie hatte meine Aktion zufrieden beobachtet, ging ich nach oben in die Wohnung, und die Familie war endlich komplett und in Sicherheit.

Zuerst einmal musste sich Mikesch um ihren Nachwuchs kümmern, denn alles war fremd. Es roch nach Mensch und – da ich die Katzenfamilie im Arbeits- und Schlafzimmer eingesperrt hatte –, nach Computer, Papieren und Büchern. Der alte Pullover im Karton war zwar weich, roch aber ebenfalls nach Mensch. Eine schwierige Umgebung für die Kleinen. Gut, dass Mama da war und alle abschleckte und so beruhigte. Nacheinander suchten fünf Katzenbabys Mamas Zitzen und nuckelten, was das Zeug hielt. Nach wenigen Minuten schon schliefen sie alle ein, denn sie waren satt, und es war ja plötzlich so warm!

27

Mikesch selbst machte einen hochzufriedenen Ein-
druck und schlief auch eine Runde.

5. Kapitel

Katzenporträts

Nach einer kurzen Überlegung, welche Gegenstände im Zimmer vor den ersten Ausflügen der Kätzchen in Sicherheit gebracht werden mussten, fing ich an, ein paar Dinge umzuräumen. Den halben Sonntag sammelte ich Krimskrams vom Boden auf, stellte Möbel um und entfernte Pflanzen und vor allem elektrische Kabel aus dem Zugriffsbereich meiner neuen Mitbewohner.

Es dauerte auch gar nicht lange, bis sich die Rasselbande auf den Weg machte, das Umfeld außerhalb des Pappkartons zu erkunden. Es bestand zwar fast nur aus Teppichboden, einem Bett und Ikea-Regalen, aber immerhin: Die Lichtverhältnisse waren eindeutig neu für die kleinen Äuglein und die Geräuschkulisse und die fremden Gerüche sowieso. Nach und nach trauten sich fünf kleine künftige Mäusejäger, ihre Umgebung zu erobern. Ich glaube, dies ist die beste Gelegenheit, die kleinen Persönlichkeiten der interessierten Lesergemeinde vorzustellen.

MAX und MORITZ
Im Laufe der ersten Woche stellte sich heraus, dass die beiden getigerten Kätzchen, die Mikesch zuerst angeschleppt hatte, charakterlich ganz unterschiedlich waren. Farblich passten sie zwar gut zusammen, und es war anfangs gar nicht so leicht, sie auseinander zu

halten, aber während das eine Kätzchen eher scheu und zurückhaltend war, war das zweite ein kleiner Draufgänger. Es waren zwei Katerchen und ich nannte sie Max und Moritz. Max ist der mit dem halbroten Näschen links, Moritz hat eine schwarze Nase; sein Gesichtchen ist ein bisschen weißer als das von Maxl.

Der kleine Moritz war der Einzige, der mich anfauchte, wann immer ich in den Karton schaute, um zu prüfen, ob die Familie vollzählig war. Er wirkte eigentlich nicht ängstlich, wenn er so fauchte, sondern wollte wohl einfach sein Territorium verteidigen. Wahrscheinlich wollte er diesem Riesengesicht, das schon vor dem Container auf ihn gewartet hatte, klar machen, dass es Abstand zu halten hatte! Ich gebe zu, dass mich das beeindruckte und ich Moritz deshalb weniger oft anfasste, hochnahm oder streichelte als die anderen. Und wenn ich ganz ehrlich bin, war es nicht nur Respekt vor den Wünschen einer kleinen Katzenpersönlichkeit, sondern auch ein bisschen gekränkte Eitelkeit – »wie du mir, so ich dir«: Wer mich nicht mag, den brauche ich auch nicht zu streicheln – ich hatte ja genug andere Abnehmer für das Ausleben meines Zärtlichkeitsbedürfnisses. Moritz blieb eine ganze Weile bei seinem Fauchen, bis er merkte, dass es mich wirklich auf Abstand hielt und er nichts zu befürchten hatte.

Auf die anderen färbte sein Fauchen nicht ab. Im Gegenteil, sie sahen mehr oder weniger interessiert, zutraulich oder einfach schläfrig auf, wenn ich in den Karton fasste, um sie zu streicheln. Mikesch fand den Umzugskarton nicht sonderlich bequem. Schon am zweiten Tag wollte sie nicht mehr hineinkriechen, sondern maunzte ihre Kinderschar heraus. Schließlich wartete jetzt draußen keine Gefahr mehr auf sie.

PUTZI
Ein besonders niedliches Tierchen war Putzi. Eigentlich sollte das nur sein provisorischer Name werden. Es kam dazu, weil ich beim ersten Streicheln die elegante Zeichnung bemerkte: grau mit weißem Bauch und weißen Pfoten, dazu Mamas hübsches weißes Gesichtchen. Nur die schwarze Nase passte nicht so ganz ins Gesamtbild einer feinen Dame. Sie verlieh dem Gesicht etwas Freches, Putziges – und aus »Na, du putziges Kerlchen« wurde erst einmal Putzi.

Putzi war ein Weibchen. Sie war schon unter dem Container immer am neugierigsten überall herumgeturnt, der Außenwelt gegenüber aber höchst skeptisch. Vor allem mein Gesicht und meine Hand schienen ihr anfangs nicht so vertrauenswürdig. (Kurios: Im Augenblick, da ich diese Worte niederschreibe, liegt Putzi hinter mir auf dem Schreibtischstuhl und schläft. Ab und zu greift meine Hand nach hinten in das weiche Fell, dann entspannt sich das Körperchen, und sie sinkt noch etwas tiefer in den Schlaf.)

Putzi war die Neugierigste. Sie war deshalb auch die Erste der Frechen Fünf, die sich nach ein paar Tagen nachts auf mein Bett traute und dort – alleine! – an meiner Seite vertrauensvoll einschlief. Putzi wurde später ein richtiges Schmusetier, das lieber kuschelte als kämpfte. Sie wurde auch überaus geschickt im

Springen und Taxieren von Abständen – aus ihr ist ein echter kleiner Katzenakrobat geworden!

TIPSY PAW

Ein seltsamer Name? Vielleicht. Eigentlich sollte das schwarze Katerchen einen besonders eleganten Namen erhalten. Denn sein rabenschwarzes Fell, das weiße Lätzchen und die winzigen weißen Pfötchen bzw. Pfotenspitzen berechtigten durchaus dazu – Kater Mohrle von der weißen Pfote, oder so ähnlich. Leider passte dies überhaupt nicht zu seinem lieben, verspielten Charakter. Und nachdem er erst »kleines weißes Pfötchen« hieß und ich mir den Kopf zerbrach, wie man sein Aussehen in seinen Namen einbauen könnte, wurde irgendwann aus »Pfotenspitze« (»tip of the paw«) »Tipsy« bzw. »Tipsy Paw«. Übrigens ein Name, auf den er mit der Zeit durchaus reagierte.

Tipsy Paw wuchs von einem tollpatschigen Baby zu einem eleganten halbstarken Kater heran, der Putzi beim Schmusen nicht nachstand. Anfangs sehr verschmust, wurde er mit der Zeit immer rabiater in seinen Spielen. Eine besondere Freundschaft verband ihn mit Moritz; die beiden steckten oft zusammen und heckten auch gemeinsam ihre Streiche aus. Es war deshalb durchaus sinnvoll, sie gemeinsam zu vermitteln (siehe Kapitel 12).

DAS KLEINE

Blieb zum Schluss noch »das Prinzesschen«. So nannte ich sie spontan, als ich sie zum erstenmal am Container sah. Sie war mit Abstand das Kleinste der Frechen Fünf und – leider muss es gesagt werden – auch das hässlichste Katzenkind, das ich je zu sehen bekam. Die Augen riesengroß in dem kleinen Gesicht, die Beinchen dünn und staksig, das Fell unschön dünn, fast nicht vorhanden, und dazu ein dicker Babybauch. Das Kleine wirkte wie von einer außerirdischen Katzenart abstammend.

Aber es war dasjenige Kätzchen, das immer zuerst auf mich zulief. Buchstäblich vom ersten Tag an, als es unter dem Container hervorkroch, hatte es mich als seine Adoptivmutter ausgesucht und akzeptiert. Wenn ich abends nach Hause kam und Mikesch mit ihren Kindern im Schlepptau auf mich zukam, war es das kleine Prinzesschen, das immer zuerst ankam und sich streicheln ließ, bevor es zurück zu seiner Mutter rannte, um zu nuckeln. Und das, obwohl Mikesch immer sehr laut und deutlich nach ihren Kinderchen rief.

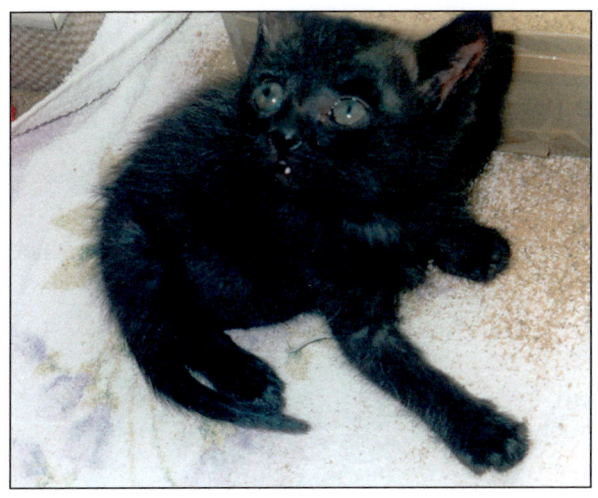

Vielleicht war es dieser Umstand, zusammen mit seiner Hässlichkeit, der mich dazu brachte, ihm besonders viel Zuwendung zu schenken. Vom ersten Tag an dachte ich mir: O weh, dieses Kätzchen kannst du nicht vermitteln. Kein Mensch wird es haben wollen, und es wird draußen auf der Straße enden. Aus »Prinzesschen« wurde manchmal »Kleines«, manchmal auch »Äffchen« (weil die hervorstehenden Augen an einen kleinen Koboldmaki erinnerten).

Anfangs sonderte sich das kleine Prinzesschen ab, kuschelte sich in den Umzugskarton und schlief ganz allein, wenn die größeren Geschwister allzu wild spielten. Durch sein kleineres, schwächeres Körperchen hatte es keine Chance, seinen Geschwistern nachzuklettern, sobald diese die neue Umgebung erstürmten und sich von Kniehöhe auf Stuhlhöhe, dann auf Tisch- und Fensterbretthöhe und zuletzt auf Regalhöhe hocharbeiteten. Immer hinkte es den anderen um ein bis zwei Wochen hinterher.

Aber es setzte sich gegenüber seinen großen Geschwistern durch. Auch wenn es im Kampf anfangs quietschte und weglaufen musste (die anderen waren einfach so viel größer und stärker) – nicht nachgeben hieß die Devise. Und so geschah, was auch bei Menschenkindern vorkommt, nur sieht man es dort nicht immer so deutlich: Das Prinzesschen wurde besonders mutig. Es riskierte mehr als die anderen und hatte die meiste Ausdauer. Dort, wo die beiden größten Katerchen – Moritz und Tipsy – schon längst aufgegeben hätten, setzte sich das Prinzesschen in den Kopf: Ich schaffe es. So wurde aus ihm ein geschicktes, flinkes Kätzchen, das seine scharfen Krallen und spitzen Zähnchen gut zu gebrauchen wusste. Und natürlich schreckte es auch nicht vor Kämpfen mit seinen größeren Brüdern zurück.

Das Schlafzimmer bot verständlicherweise keine »natürliche« Umgebung für die Kleinen. Verglichen mit den tausend Düften und Geräuschen, die draußen um den Container schwirrten, wirkte es geradezu reizarm. Mit der Zeit begriff ich jedoch, dass diese Reizarmut dem Leben draußen vorzuziehen war: Hätte Mikesch ihren Nachwuchs draußen alleine betreuen müssen, hätte sie wohl nicht alle fünf durchgebracht, denn zu gefährlich war die Umgebung. Irgendwann wäre eines unter dem Container hervorgekommen und in das Maul eines Hundes geraten. Oder unter die Räder eines Autos. Oder es hätte einen geworfenen Stein abbekommen. Oder es wäre »nur« Kindern in die Hände gefallen, die es zum Spiel irgendwohin verschleppt und dann zurückgelassen hätten – der Rückweg wäre sein Tod gewesen.

Indem sie mich als Babysitter aussuchte, hatte Mikesch einen guten Griff getan: Meine Liebe zu Katzen (und auch meine Herkunft und Erziehung) machten es mir schlichtweg unmöglich, die Kätzchen in irgendeiner Weise einer Gefahr auszusetzen. Ich würde sie alle fünf an liebe Menschen vermitteln – oder sie notgedrungen bei mir behalten!

Natürlich wusste ich das nicht so genau, als ich die fünf kleinen Bandenmitglieder in meine Wohnung trug, aber letztendlich war das auch egal. In dem Moment, in dem ich das erste Kätzchen vor meiner Wohnung sah und von der Fußmatte aufhob, war ich für das Schicksal der fünf mitverantwortlich.

6. Kapitel

Umzug ins Esszimmer – die ersten Mahlzeiten

Die erste Woche mit den Katzenbabys verlief ruhig und ohne Probleme. Sie waren nun fast vier Wochen alt, wagten sich immer öfter aus dem Karton, wackelten durch die Gegend und schnupperten an jeder Ecke.

Nach einer Woche entschied ich, dass es Zeit für einen Umzug war. Das Schlafzimmer war in der ersten Woche genau das Richtige gewesen. Mikesch kannte sich in der Wohnung aus, und die Kleinen trauten sich sowieso noch nicht so richtig aus dem Karton oder gar weiter weg davon. Aber da sie immer selbstsicherer durch die Gegend tapsten, wurde es Zeit, sie in ein Zimmer zu setzen, in dem Fressnapf, Katzentoilette und Spielgelegenheiten nebeneinander ihren Platz hatten. Mein Esszimmer war dafür ideal.

Ich hatte es mit viel Mühe selbst gestrichen und eine Bordüre geklebt. Es war mein erster Versuch dieser Art, und ich gebe zu, er war nicht hundertprozentig gelungen. Aber das Esszimmer wirkte hell und freundlich, und wenn man nicht zu genau hinschaute, sah der Anstrich richtig gut aus. Der Vorteil, den es als Katzenspielzimmer hatte, lag darin, dass es ein großes Fenster in Richtung Osten besaß. Den ganzen Vormittag schien die Morgensonne ins Zimmer, und man konnte darin wunderbar sonnenbaden.

Außerdem hatte es einen robusten Sisalteppich, perfekt für das Schärfen der Krallen. Dass die Frechen Fünf irgendwann ihre Krallen ausprobieren würden, war ja klar. Und es war ziemlich sicher, dass ich nicht dabeisein würde, um sie erziehen zu können, denn ich musste ja arbeiten. Warum musste ich eigentlich jeden Morgen aufstehen, um ins Büro zu gehen, wenn das Leben zu Hause mit den Kätzchen so viel interessanter war? Da gab es irgendeinen Grund, aber er war mir entfallen.

Aber zurück zum Esszimmer. Die restliche Ausrüstung bestand aus einem Holztisch mit acht Stühlen, zwei robusten Ikea-Regalen und ebenso stabilen weißen Kommoden. Die einzigen »verletzbaren« Dinge wie Stereokabel und Vorhänge wurden abgebaut. Zusätzlich bekamen die Kätzchen eine Decke zum Kuscheln und ein paar Spielzeuge.

Die Küche war direkt nebenan – hier standen das Buffet und die Katzentoilette. Ein weiterer Vorteil war, dass man Küche und Esszimmer als Einheit absperren konnte. Ich konnte den Aktionsradius der kleinen Katzenfamilie also auf zwei Zimmer beschränken, und alle Möbel und losen Gegenstände in den restlichen Räumen waren geschützt.

Fünf hungrige Kätzchen und dazu eine Katzenmutter zu versorgen ist nicht einfach für jemanden, der selbst nicht regelmäßig isst und kurzerhand mal eine Tafel Schokolade zum Abendessen macht. Aber Mikesch machte es mir leicht.

DAS ERSTE STÜCKCHEN FLEISCH

Sobald Mikesch der Meinung war, ihre Kleinen müssten nun langsam anfangen, feste Nahrung zu fressen, schnappte sie sich ein Stück Gulasch und lief auf die Bande zu. Sie maunzte herzzerreißend, und natürlich kamen alle fünf angestürmt, um nachzuschauen, was es gab. Na ja, so ganz waren sie von dem interessant riechenden Stück in Mamas Schnauze noch nicht überzeugt. Aber immerhin, es roch ziemlich gut. Man konnte ja mal probieren …

Sehr viel mehr als an dem Fleisch zu lutschen kam bei diesem ersten Versuch nicht heraus, aber die Bande hatte »Blut geleckt« und war begeistert. Ich erinnere mich noch, dass das Stück Fleisch nach einigen Minuten angelutscht und angenagt herumlag und das Prinzesschen, das bisher keinen Versuch machen konnte, weil es ständig abgedrängt worden war, endlich auch an das Fleisch herankam. Da zeigte sich wieder die ausdauernde und zielgerichtete Natur dieses Kätzchens: Viel länger als die anderen lutschte es an dem Fleisch herum. Ich beschloss, ihm zu helfen. (Ja, ich weiß, das ist falsch. Erst wenn die Kätzchen es alleine schaffen, sind sie auch weit genug, und schließlich müssen sie genau das lernen. Aber ich wollte dem Tierchen einfach ein kleines Erfolgserlebnis verschaffen.) Mit einem scharfen Messer schnitt ich Stückchen ab, die so winzig waren, dass sie den kleinen Schlund hinunterpassten. Und das Prinzesschen fand es toll, gefüttert zu werden und von der Fingerspitze etwas zu nehmen. Beim ersten Versuch biss es mit seinen kleinen spitzen Zähnchen richtig fest zu – aua! Das tat ganz schön weh! Aber sofort hatte es verstanden, dass es sich hier um meinen Finger handelte, den es ja nicht zu fressen brauchte. (Das Fleisch darauf war schließlich viel leckerer.) Und so lernte das Prinzesschen früher als die anderen, sein Fressen von meiner Hand zu nehmen, ob kleine Fleischstückchen oder später Eigelb und Sahne, die es von der Fingerkuppe abschleckte.

Nach diesem ersten Versuch beschloss ich, den Speiseplan für die Kleinen stückchenweise zu erweitern. Im Sinne einer möglichst breit gefächerten Ernährungsweise (denn ich konnte ja noch nicht wissen, an wen ich die Kleinen dermaleinst vermitteln würde) kamen nach und nach außer Ei und Sahne noch Reis und Nudeln und auch Kartoffelpüree dazu. Am begehrtesten war natürlich, wenn ich Hackfleisch anzubieten hatte. Mit oder ohne Eigelb – es war der Renner und die einzige Mahlzeit, bei der man alle fünf gleichzeitig um die Teller gruppiert finden konnte. Darüber hinaus hatte jedes Kätzchen sein Lieblingsessen – Nudeln mit Katzenfutter vermischt war eines davon.

Lebendige Mäuse waren leider nicht aufzutreiben. Eine Allroundausbildung als Mäusejäger fiel also aus. Ich sah zwar mal eine tote Maus an einer Hauswand liegen, aber die Gefahr, dass diese Maus an einer Krankheit oder Gift gestorben war, war schlichtweg zu groß. Dem konnte ich die fünf nicht aussetzen. Sollte eines von ihnen eine Anstellung als professioneller Mäusejäger finden, würde ich wohl oder übel auf das den Katzen eigene eingebaute Evolutionsprogramm vertrauen müssen, das da lautete: »Alles, was sich bewegt, wird gejagt. Man beißt hinein und guckt, wie es schmeckt. Schmeckt es gut und bewegt es sich weiter, dann spielt und jagt und beißt man, bis es sich nicht mehr bewegt. Dann hat man entweder Hunger und frisst es, oder man wendet sich dem nächsten Spiel zu.«

7. Kapitel

Gefährliche Momente

In der zweiten Woche – die Kätzchen waren gerade mit ihrem Karton ins Esszimmer umgezogen – gewöhnte ich mir an, die Wohnungstür abends, solange ich noch wach war, offen stehen zu lassen. Auf diese Art konnte Mikesch kommen und gehen, wie sie wollte. Wenn es dunkel wurde, schloss ich die Tür endgültig. Die Kleinen wohnten in einer der Esszimmerecken und hatten zu diesem Zeitpunkt noch nicht einmal den regulären Weg in die Küche, geschweige denn in den Eingangsbereich und damit aus der Wohnungstür hinaus gefunden. Außerdem klebten sie doch noch sehr zusammen, und nur das Prinzesschen sah man ab und zu alleine durchs Zimmer wackeln. Die Kleinen würden also nicht entkommen. Aber ich hatte nicht daran gedacht, dass eine Gefahr auch von draußen hereinkommen könnte.

Eines Abends betrat ich das Esszimmer und sah, wie sich ein Kater über Mikeschs Fressen beugte. Es war der elegante Katzenherr, den ich schon manchmal draußen gestreichelt hatte und der eigentlich Menschen gegenüber sehr verschmust war. Aber das musste ja nicht für die Kätzchen gelten!

Schlagartig schoss mir eine alte Erinnerung aus meiner Kindheit durch den Kopf: Meine Großmutter hatte einmal ein Katzenjunges, das von seiner

Mutter natürlich nicht 24 Stunden lang beaufsichtigt werden konnte. In einem unbewachten Moment drang ein fremder Kater ein und tötete das Kleine. Es lag zerfleischt auf dem Boden. Diese schreckliche Szene, die ich als Kind um wenige Minuten fast persönlich miterlebt hätte, war plötzlich in mir lebendig.

Ich stürmte also auf den Kater zu, packte ihn am Genick und warf ihn hinaus und fast die Treppe hinunter. Der Kater war völlig überrascht und ließ die raue Behandlung widerstandslos über sich ergehen. Dann warf ich die Tür zu und rannte zurück ins Esszimmer. Mit einem flauen Gefühl im Magen spähte ich in den Umzugskarton – eins, zwei, drei, vier … fünf. Alle da. Puh! Dann ging ich wieder nach draußen, wo der Kater immer noch saß und mich anmaunzte: »Ich bin's nur. Du hast mich sicher verwechselt.« Ein wirklich liebes Tier. Ich entschuldigte mich mit ausgiebigen Streicheleinheiten und hatte ein verdammt schlechtes Gewissen.

Das war übrigens einer der Momente, in dem mir klar wurde, wie wichtig mir die Kleinen geworden waren und wie sehr durch sie mein Beschützer- und Mutterinstinkt lebendig wurde.

Mikesch wusste ihre Kleinen gut bei mir aufgehoben. Und so kam es, dass sie sich immer öfter nach draußen verabschiedete, um ein bisschen Ruhe zu haben. Tagsüber, wenn ich arbeiten musste, blieb sie bei ihren Kindern, aber nachts ging sie auf Tour. Sicher brauchte sie einfach Abstand. Wer kann schon

24 Stunden am Tag und sieben Tage in der Woche immer nur in der Mutterrolle sein?

DIE ERSTE NACHT OHNE MUTTER

Die erste Nacht ihrer Abwesenheit werde ich nie vergessen. Die Kätzchen schliefen im Esszimmer auf der Kuscheldecke. Ich brauchte auch etwas Ablenkung und gönnte mir einen spannenden Film. Vor dem Schlafengehen wollte ich nach den Kleinen sehen, aber – sie waren verschwunden! Alle fünf Katzenkinder hatten sich in Luft aufgelöst!

Nun weiß ich ja, dass Katzen (ganz besonders, wenn sie noch klein sind) die Gabe haben, sich einfach so zu verstecken, dass man sie nicht findet. Draußen in der gefährlichen Welt ist diese Fähigkeit schließlich überlebenswichtig. Aber so viele Ecken gab es in meiner Wohnung nicht. Ich schaute unter die Küchenmöbel und in Ritzen. Ich suchte in der Schmutzwäsche, in der frisch gewaschenen Wäsche und sogar in der Waschmaschine (wer weiß schon, welche dummen Zufälle es gibt?). Sie waren und blieben verschwunden. Ich maunzte wie Mikesch in der Hoffnung, sie hervorzulocken. Nichts! Nach einer Stunde gab ich entkräftet auf. Sie konnten nicht aus der Wohnung verschwunden sein; es konnte ihnen auch nichts passiert sein – ich musste einfach warten, bis Mikesch am nächsten Morgen zurückkam und sie ans Tageslicht brachte.

Trotzdem stand ich in dieser Nacht etwa alle zwei Stunden auf und schaute alle möglichen Plätze ab – natürlich nichts. Als Katzensitter war ich wohl untauglich. Mikesch hatte meine Fähigkeiten überschätzt.

Am nächsten Morgen war Mikesch pünktlich zur Stelle. Kaum hatte ihre Mutter die Wohnung betreten und maunzte, sausten die fünf aus ihrem Versteck hinter dem Herd und der Spülmaschine – war das peinlich!

WÜRGEN

Aber es gab auch wirklich gefährliche Situationen. Zum Beispiel bei etwas so Harmlosem wie Essen. Auch Essen will nämlich gelernt sein. Seit die Kleinen probierten, Fleischstücke zu vertilgen, kam es immer wieder vor, dass sie zu große Stücke hinunterschlucken wollten und dann mühsam würgten, bis das Stück wieder zum Vorschein kam.

Als überfürsorgliche Katzenmutter, die ich leider bin, suchte ich immer nur die besten Fleischstücke heraus, nämlich diejenigen ohne Sehnen. Aber natürlich wusste ich, dass die Mongolen eher ihren Fleischabfall an ihre Tiere verfüttern. (Katzen jagen selbst und sollen gefälligst zufrieden sein, wenn der Mensch ihnen etwas abgibt. – Dasselbe gilt übrigens auch für Hunde, aber das ist ein anderes und sogar scheußlicheres Kapitel, das wir hier nicht erläutern wollen.) Jedenfalls packte mich jedesmal erneut der Schrecken, wenn eins der Katzenkinder anfing zu würgen.

Als das kleine Prinzesschen beim Fleischfressen zum erstenmal würgen musste, lief es mir kalt den Rücken herunter. Aber nach wenigen Sekunden war das bewältigt, und nichts war passiert. Typisch Prinzesschen: mal wieder zu gierig, um das Futter richtig zu kauen.

Richtig schlimm wurde es, als Putzi sich offensichtlich unwohl fühlte und mit ihrem Pfötchen immer versuchte, etwas aus ihrem Mäulchen zu streichen. Irgendetwas stimmte nicht. Zum Glück hatten alle Kätzchen absolutes Vertrauen zu mir. Deswegen war es auch nicht schwer, Putzi aufzunehmen, auf den Rücken zu drehen und zwischen meinen Beinen einzuklemmen, um mit den Händen das Mäulchen zu untersuchen. Ein Stück Papier (wahrscheinlich das allseits beliebte Spielzeug Toilettenpapier) hatte sich in den Zähnen verfangen. Puh! Klar, das war ein unangenehmes Gefühl, aber nicht wirklich gefährlich. Bis ich merkte, dass sich dahinter noch ein ganzer langer Strang Papier verbarg, der bis in den Magen reichte und sicher zum Teil schon verdaut war. – Verdammt, das war nun wirklich unangenehm, und Putzi fing an, sich heftig zu wehren. Es gelang mir deshalb auch nicht, das Papierstückchen zu fassen und herauszuziehen. Ich konnte es allerdings von den Zähnen entfernen, und damit rutschte es die Speiseröhre hinunter. Das Kapitel »Papier essen« war damit erledigt. Brrr! Gut, dass alles glimpflich verlaufen war.

Ein anderes Mal fing Tipsy an zu würgen – diesmal an einem Stückchen Fleisch. Es dauerte und dauerte, und irgendwie schaffte es das Tierchen nicht alleine. Ich saß daneben, und es zuckte in meinen Fingern.

Aber gleichzeitig wollte ich natürlich Tipsy nicht verschrecken. Das hätte alles nur verschlimmert. Vertrauen ist etwas Wunderbares: Tipsy blieb einfach sitzen, als ich vorsichtig die Hand nach ihm ausstreckte und zwischen seine Zähne ins Mäulchen griff. Zum Glück bekam ich das Fleisch sofort zu fassen. Was ich dann herausholte (bis tief aus dem Magen heraus), war ein langgezogenes Stückchen Fleisch – natürlich mit Sehne! Und wieder einmal schwor ich mir, nur noch gutes Fleisch ohne Sehnen zu verfüttern!

Ich sitze auf dem Bett, auf mir liegt das Prinzesschen und putzt sich und leckt meine Finger. Mein Blick schweift durch den Raum und bleibt an den Bücherregalen hängen. Darunter sind viele Bücher, die ich schon längst hätte lesen wollen: Klassiker, Biografien, wissenschaftliche Werke. Das alles ist plötzlich gar nicht mehr so interessant und wichtig.

Das Tierchen auf meinem Schoß leckt hingebungsvoll meine streichelnden Finger. Und jetzt fängt es an zu schnurren. Danke, mein Kleines. Du tust mir ja so gut!

8. Kapitel

Es gibt nichts, mit dem sich nicht spielen lässt

OBSTNETZE

In der Mongolei wird fast kein Gemüse angebaut. Und auch Obst ist rar. Pfirsiche und Aprikosen zum Beispiel werden aus China in die Mongolei importiert. Weil sie leicht Druckstellen bekommen, wird jedes einzelne Stück in ein weiches, dehnbares Kunststoffnetz eingebettet. Wenn man nun die Ware kiloweise kauft, kann man entweder vorher darauf bestehen, diese Netze zu entfernen (und wieder Druckstellen beim Heimtransport in Kauf nehmen), oder man schleppt Dutzende dieser Netze mit, um sie dann in den Abfall zu werfen (mindestens fünf Minuspunkte für nicht vorhandenes Öko-Bewusstsein). Nicht jedoch, wenn man eine Katzenbande mit immensem Spieltrieb hat. Die Netze können leicht weggetragen werden, man kann sie zerbeißen, und wenn zwei daran ziehen, dann gibt das ein wunderschönes und spannendes Spiel, bis so ein kleines Netz endlich zerreißt. Alles in allem: Stoff für stundenlange Beschäftigung!

Und weil es leider nicht möglich war, mal eben fünf lebendige Mäuse zum Üben für fünf lernwillige Katzen zu beschaffen, hielt ich immer einen kleinen Vorrat an Netzen bereit. Das kam bestens an. Wenn ich abends nach Hause kam, verrieten mir die tausend kleinen zerfetzten Teilchen auf dem Fußboden immer schnell, ob der Tag langweilig oder voller aufregender Spiele gewesen war. Ich nahm mir vor, dass dieses allseits beliebte Spielzeug später einmal, wenn meine Frechen Fünf an ihre Familien abgegeben werden sollten, als kleines Andenken mit auf die Reise gegeben würde. Vielleicht würde ihnen das Eingewöhnen dann nicht ganz so schwer fallen.

WIE FANGE ICH MEINEN SCHWANZ?

Ein anderes beliebtes Spiel war »Wie fange ich meinen Schwanz?«, wobei es natürlich dem Spieler nicht ganz klar war, dass es sich hier um den eigenen Schwanz handelte.

Spielanleitung: Man versucht, das lange, bewegliche Ding zu fangen. Aber Vorsicht, es ist richtig tückisch. Wendet man sich ihm zu, dann verschwindet es. Bleibt man ruhig sitzen, dann liegt es auch ganz ruhig – na ja, vielleicht zuckt es einmal kurz. Versucht man aber, es mit einem gut taxierten Sprung zu erhaschen, ist es immer schneller als man selbst, und man kann und kann es einfach nicht erwischen. Frustrierend! Übrigens spielte Putzi dieses Spiel am häufigsten und intensivsten.

STILLES PAPIER UND RASCHELPAPIER

Sie kennen das: Wenn man im Restaurant ein Glas Wasser bestellt, wird man gefragt, ob man stilles Wasser oder Sprudelwasser möchte. Auch beim beliebten Spielzeug Papier gibt es diese feinen Unterschiede. Das »stille Papier« zum Beispiel ist Toiletten- oder Küchenpapier. Man kann seine Krallen hineinschlagen, man kann es zerbeißen und zerfetzen, und der herrlichste Spaß ist, sich am Ende – wenn tausend kleine Stückchen den Boden zieren – noch einmal hineinzuwerfen. So wie Kinder das tun, wenn man im Herbst Blätter zusammenfegt.

»Raschelpapier« dagegen ist ganz anders. Man findet es als Zeitungspapier oder Einwickelpapier. Wenn man darauf springt, dann rutscht man damit weg, es zerreißt mit einem »Ratsch«, und wenn ein Mensch in der Nähe ist, folgt auf das »Ratsch« oft ein schriller Schrei – übrigens eine elementare Erfahrung, die meine Kätzchen beim Spielen mit allen möglichen Gegenständen immer wieder machten.

Also, was das Papier betrifft: Am besten ist, man hat beides im Haus.

DIE WAND IST IM WEG

Alle Kätzchen liebten es, einen beweglichen Gegenstand zu fangen. Am wildesten aber spielte das Prinzesschen. Es rannte über Stock und Stein, sprang, so hoch es nur konnte, und wenn es richtig schnell in Bewegung war, dann ging der Sprung weit nach vorne und … meistens gegen eine Wand oder ein Möbelstück. Aua!

Obwohl das immer wieder passierte, wurde das Tierchen einfach nicht schlau. Immer wieder jagte es hinter etwas her, ausdauernd, geduldig und mit einem ziemlichen Dickkopf ausgestattet. Wenn es so richtig in Renn- und Jagdlaune kam, konnte man es einfach nicht mehr stoppen. Wie ein Derwisch fegte es durch das Zimmer und kam erst dann zur Ruhe, wenn es schon fast vor Erschöpfung zusammenbrach.

Dann lag es eine Weile keuchend da; aber sobald sich irgendwo wieder etwas verführerisch bewegte, sprang es erneut darauf zu. Einfach verrückt!

Offenbar hatten das Prinzesschen und ich viel gemeinsam. Meine Mutter erzählte mir nämlich immer wieder, dass ich schon als kleines Kind – ich hatte gerade laufen gelernt – mehr rannte als lief. Wenn man mich auf den Boden stellen wollte, bewegten sich die Beinchen schon vorher in der Luft, um mit Bodenkontakt sofort loszusausen! (Übrigens machte ich in meiner Überdrehtheit auch immer wieder schmerzhafte Bekanntschaft mit Wänden und Möbelstücken. Es schien, das Prinzesschen und ich waren wirklich Seelenverwandte.)

9. Kapitel

Fünf Katzen suchen ein Zuhause

Den Kätzchen ging es gut und immer besser. Jeden Tag wurden ihre Bewegungen koordinierter. Sie spielten immer wilder und sausten durch die Zimmer. Die Größeren – Moritz, Tipsy und Putzi – schafften es schon, auf Stühle zu springen. Allmählich musste ich ernsthaft daran denken, die Kleinen zu vermitteln.

Bei meinen Versuchen stellte sich heraus, dass es gar nicht so einfach war, in der Mongolei Kätzchen »an den Mongolen« zu bringen. Von allen Seiten wurde mir bestätigt, dass Mongolen keine Katzen mochten. Konnte dieses Klischee wirklich stimmen? – Nun, einige Kollegen gaben es unumwunden zu, warum sie keine Katze wollten: »Angst« war der häufigste Grund. Ein anderer war die »Nutzlosigkeit«. Was brachte es, eine Katze zu haben? Sie brauchte Futter und Pflege und bot nichts dafür – sie war höchstens als Mäusejäger zu gebrauchen und damit für Stadtmenschen nicht interessant. Ich konnte also nicht mehr tun, als allen Kollegen und Bekannten von den Kätzchen zu erzählen und sie zu bitten, sich umzuhören und die Werbetrommel zu rühren.

Es dauerte nicht lange, bis eine Kollegin eine erste Interessentin vermittelte. Diese wohnte in einer Siedlung außerhalb der Stadt und suchte zwei Katzen – möglichst Kater –, um Mäuse zu fangen. (Fünf minus zwei macht drei.)

Einer meiner Kollegen war auch bereit, eines der Kätzchen zu nehmen. Er hatte keine besonderen Wünsche, er wollte das Kätzchen als Spielgefährte für seine beiden Kinder. (Drei minus eins macht zwei.)

Über eine Bekannte erfuhr ich von einer jungen Mongolin, die sich ebenfalls eine Katze wünschte. (Zwei minus eins macht eins.)

Und schließlich kam ein weiterer Kollege und wollte das fünfte Kätzchen für einen guten Freund haben, der auf dem Land wohnte. (Eins minus eins macht – keins.)

Der Kollege schaute sich die Kätzchen an und wollte das Kleinste, das schwarze Prinzesschen haben, weil, wie er sagte, die kleinste Katze die schlaueste sei. Er hatte Recht damit, obwohl er die Kätzchen ja nicht so gut kannte wie ich. Das Prinzesschen steckte seine Geschwister locker in die Tasche. Die Begründung für die Klugheit klang in meinen Ohren allerdings sehr seltsam.

Warum das kleinste Kätzchen das schlaueste ist:
Das kleinste Kätzchen ist das letzte, das aus dem Mutterleib kommt. Es liegt ganz hinten, am weitesten von der Öffnung entfernt, direkt hinter dem Herzen. Deshalb ist es das schlaueste.

10. Kapitel

Der erste Ausflug –
Moritz und Tipsy Paw

Nachdem es also Interessenten aller Art gab, beobachtete ich meine Frechen Fünf noch genauer. Die erste Interessentin wohnte, wie schon oben erwähnt, am Stadtrand in einer Jurte. Sie wollte gerne zwei Katzen, möglichst Kater, die vor allem Mäuse fangen sollten. Also überlegte ich mir: Wer von den fünfen wäre wohl am besten dazu geeignet?

Was das Mäusefangen anging: Putzi und das Prinzesschen liefen am furchtlosesten allem hinterher, das sich bewegte. Auch Tipsy Paw rannte hinter einem Bällchen her oder sprang in die Luft, um eine Feder zu greifen. Maxl war ein bisschen schüchtern und wurde zudem von den anderen immer überrannt. Moritz konnte auch gut jagen, aber er blieb immer auf Abstand. Wenn man ihn allein zu fassen bekam, benahm er sich typisch kätzisch, lauerte, verfolgte und sprang, aber in der Menge mit den anderen: nein, danke. Schließlich bin ich ein vornehmer Kater.

Moritz holte sich sein Fleisch, wenn die anderen nicht hinsahen. Wenn sich die ganze Familie um die Schüsselchen gruppierte und reinhaute, schaute er zu und wartete ab. Lieber ging er hinterher zu Mama und nuckelte Milch, als sich die Blöße zu geben, beim

Fressen ertappt zu werden. Er war eben immer noch misstrauisch und zurückhaltend. Eigentlich waren das gute Eigenschaften für ein Katerchen, das bald der »Freiheit« und damit allerlei Gefahren ausgesetzt war.

Ein anderer Aspekt kam hinzu: Moritz und auch Tipsy Paw waren nicht hundertprozentig stubenrein. Wenn ich es nicht schaffte, die Katzenklos täglich zu säubern, rümpften die beiden zuerst die Nase und suchten sich einen anderen Platz – natürlich meistens einen unerwünschten! Mehrmals ertappte ich sie in flagranti und setzte sie schnell ins Katzenklo. Und so formte sich in meinem Kopf die Vorstellung, dass die beiden (die sich sowieso sehr mochten und immer zusammensteckten) diejenigen werden würden, denen am Stadtrand eine Karriere als Mäusefänger beschieden war.

Um die beiden zukünftigen Mäusejäger vorzubereiten, beschloss ich, sie an die Welt draußen zu gewöhnen. Ich bastelte ein kleines Geschirr, damit sie mir nicht weglaufen konnten. Nun konnte es losgehen.

Diese Erziehung war, wie sich herausstellte, dringend notwendig. Tipsy Paw war der Erste, den ich eines Abends in der Dämmerung nach unten führte. Im Treppenhaus packte ihn die Angst: riecht anders, sieht anders aus, fühlt sich anders an als mein Zuhause – Hilfe! Lass mich runter! – Ich denke nicht dran. Du wirst jetzt zum erstenmal Gras riechen und die Sonne ohne Fensterscheiben untergehen sehen! – Ich will aber nicht! Hilfe! – Sei ruhig, mein Kleiner. Wir sind ja schon da.

Ich setzte ihn ins Gras, und natürlich war er erst einmal verwirrt. Stocksteif saß er da und schaute mit großen Augen um sich. Er wusste ja auch gar nicht, wohin er hätte laufen können. Ich saß bei ihm und redete auf ihn ein. Wie sich herausstellte, war das Gras ihm völlig schnuppe. Im Laufe seines ersten Ausflugs bewegte er sich auf die Steine und den Bauschutt im benachbarten Häusereingang zu. In einer Ecke lagen ein paar Ziegelsteine. An denen rieb und wälzte er sich mit Wonne. Ab und zu lief er hinter einer winzigen Ameise her. Genauso dachte ich mir das: beobachten, jagen, lauern. Zwischendurch bellte ein Hund, und er zuckte zusammen. Wenn einer der mongolischen Sicherheitsleute vorbeikam, duckte er sich und wollte weglaufen. Wenn ich ihn dann streichelte, beruhigte er sich. Nach einer Stunde hatte er genug – und ich auch. Ich hatte ihn die ganze Zeit über im Visier gehabt und versucht, ihn möglichst wenig zu stören und alles »alleine« entdecken zu lassen. Ich hätte schwören können, dass er übervoll von neuen Eindrücken und müde bei seinen Geschwistern ankam, denn er tobte nicht wie sonst mit den anderen. Aber der Ausflug hatte ihm auf jeden Fall gut getan.

Also machte ich es mit Moritz genauso. Auch er war von dem Gras und den Blumen nicht beeindruckt (offenbar schätzen Katzennasen ganz andere Dinge als Menschennasen), und auch er wälzte sich hingebungsvoll an den Ziegelsteinen. Da musste ich doch mal riechen, was so interessant war. Nicht dass meine unempfindliche Menschennase es mit einer Katzennase aufnehmen könnte. Aber wer weiß, vielleicht war es ja ein so starker, eindeutiger Geruch, dass ich ihn wahrnehmen konnte. In der Tat, das war er. Menschenurin. Igitt! Klar, die Bauarbeiter waren ja den ganzen Tag bei der Arbeit, und dies war eine nicht ganz so exponierte Ecke. Außerdem war es in dieser Stadt nicht ungewöhnlich, dass man sich mal eben an eine Hausecke stellte. Also das verstand der kleine Moritz unter »interessantem Geruch«.

Mikesch war zu der Zeit gerade draußen und entdeckte uns. Anfangs versuchte sie, ihren kleinen Sohn wegzulocken, in Richtung Hauseingang, in Richtung Wohnung und Sicherheit. Aber er wollte nicht so recht, und ich ließ es auch nicht zu. Und so gesellte sich Mikesch zu uns und passte mit auf. Sie war sehr geduldig und störte den kleinen Moritz nicht bei seinen Unternehmungen.

Auch Moritz war ungefähr eine Stunde draußen, und im Gegensatz zu Tipsy Paw wäre er gerne noch länger geblieben. Aber es war mittlerweile dunkel geworden, und ich hatte einen langen Tag hinter mir. Genug war genug. Morgen war auch noch ein Tag. Moritz kam genauso überdreht zu den anderen zurück. Nun hatte er etwas Aufregendes zu berichten.

Dreimal machte ich diese »Erziehung« mit jedem der beiden. Unter den mongolischen Wächtern war einer, der schon immer Interesse bekundet hatte, wenn ich ihn fragte, ob er Mikesch gesehen habe, oder wenn er sah, dass Mikesch hinter mir herlief. Ich zeigte ihm Fotos von den fünf Kätzchen, und er war von den Frechen Fünf angetan. Leider konnte er kein Kätzchen übernehmen, denn er hatte bereits zwei Hunde. Als ich mit Moritz und Tipsy Paw zum zweitenmal draußen auftauchte, hatte er gerade Dienst. Er bastelte mit herumliegendem Draht und Styroporstückchen ein Spielzeug, das beide Katerchen äußerst misstrauisch beäugten. Aber als er dann das seltsame weiße Stück Styropor mit einem zerknüllten Stückchen Stoff vertauschte, wurde es ein beliebtes Spielzeug. Natürlich tobten die beiden in der unbekannten Welt draußen nicht so selbstvergessen hinter einem Spielzeug her wie in der vertrauten Stube. Aber der Jagdinstinkt kam doch durch, wenn man lange genug lockte. Es würde schon gut werden. Diese beiden würden ihren Weg machen.

Übrigens wurde Moritz durch diese Ausflüge sichtbar ausgeglichener. Vorher war er ein zurückhaltender, ängstlicher Kater gewesen, der seine Ängstlichkeit hinter Blasiertheit verbarg. Aber nach den Ausflügen schaute er mich genauso vertrauensvoll an wie die anderen. Er ließ sich streicheln, kam sogar freiwillig auf mich zu, um ein Stückchen Fleisch anzunehmen, und wenn alle fünf zusammengekuschelt auf ihrer Lieblingsdecke lagen und ich mich einfach um alle herumdrapierte und sie streichelte, lief er nicht mehr weg.

11. Kapitel

Katzenporträts, zweiter Teil

HEXENKATER

Die Kätzchen waren jetzt neun Wochen alt. Tipsy
Paw war wunderschön geworden. Seine Bewegungen
waren ausbalanciert, die Sprünge wurden immer höher
und weiter, und meistens stolzierte er mit erhobenem
Schwanz durch die Gegend: ein schwarzer Kater mit
weißen Pfotenspitzen. Als er so elegant an mir vorbei-
streifte, fiel mir auf, wie selbstbewusst er schon war. Er
würde seinen Weg schon machen. Ihm war ja bestimmt,
zusammen mit seinem Bruder Moritz am Stadtrand
Mäuse zu fangen. Sicher würde ihm das gefallen.

Er drehte sich um, und seine bernsteinfarbenen
Augen schauten mich an: eine eigene kleine Persönlichkeit. Und dabei sehr verschmust. Tipsy Paw war
mittlerweile fast immer der Erste, der abends auf die
Bettdecke hüpfte. Wenn man ihn tagsüber schlafend
erwischte und seinem glänzenden schwarzen Fell
nicht widerstehen konnte, fing er beim ersten Streicheln laut zu schnurren an.

Ein seltsam widersprüchlicher Gedanke durchzuckte
mich. Plötzlich konnte ich verstehen, dass dumme,
eifrige Fanatiker im Mittelalter schwarze Katzen
verdammten und sie zusammen mit ihren Besit-
zern – meist alleinstehenden alten Frauen – ver-
brannten: Wie konnte man sich von dieser selbstbe-
wussten Grazie nicht eingeschüchtert fühlen? Nur

wer mit sich selbst im Reinen war, hatte es nicht nötig, so viel Schönheit und Geschmeidigkeit mit Hass zu verfolgen und zu zerstören.

Tipsy Paw sah mich an, als wüsste er, welche Gedanken mir durch den Kopf gingen. Was habt ihr Katzen in eurer langen Geschichte als Mitgeschöpfe des Menschen schon erleiden müssen! Ach, kleiner Tipsy Paw, wären wir doch im alten Ägypten, dann würde man dir den Respekt zollen, der dir kleinem Panther zusteht.

SOCKENMONSTER

Irgendwann passierten merkwürdige Dinge – zum Beispiel fehlten immer wieder Socken aus der Wäsche. Auch die frischen Socken, die ich abends auf meine Schuhe legte, um sie am nächsten Tag anzuziehen, verschwanden auf seltsame Weise. Manchmal war nur eine Socke verschwunden, manchmal alle beide. Ein

Verdacht war schnell erwacht: Es gab ein Sockenmonster in der Katzenfamilie. Nur wer war es? Es stellte sich heraus, es war Maxl. Eines Abends – ich hatte gerade die Kleidung für den nächsten Tag bereitgelegt – wartete er nicht, bis ich den Raum verlassen hatte. Kaum lagen die Socken auf den Turnschuhen, schnappte er sich eine davon und schleppte seine Beute wie ein echter Leopard zwischen seinen Vorderbeinchen in Sicherheit. (Ich habe bis heute noch nicht alle Socken wiedergefunden. Ich gehe davon aus, dass ein anstehender Umzug so einige Socken an den Tag bringen wird …) Ein unangenehmer Nebeneffekt war, dass Max sich auch auf Socken stürzte, wenn sich mein Fuß noch darin befand – aua! Aber vernünftige Erziehung ist eine Sache, Spaß haben eine andere. Ich merkte bald, dass es viel lustiger war, einfach eine Socke auszuziehen und in seine Reichweite zu werfen. Dann tobte er mindestens fünf Minuten, als würde die Socke sich noch wehren, ehe er sich mit seiner Riesenbeute auf den Weg in ein Versteck machte.

SCHLAPPENTIGER

Der »Schlappentiger« in der Familie war das Prinzesschen. Wenn Gäste kamen, zogen sie oft gewohnheitsmäßig die Schuhe aus – ein schöner Brauch in einer Stadt, in der es draußen meist staubig und oft auch matschig-dreckig ist. Deshalb standen in meiner Wohnung mehrere bequeme, weiche Paare Schlappen bereit. Und wie herrlich man damit spielen und sie zerbeißen konnte!

Der Schlappentiger wurde umgehend außer Gefecht gesetzt, indem die Schlappen einfach bis zum Eintreffen der Gäste in der Schuhkommode verstaut wurden – Ende des Spiels. Aber was eine einfallsreiche Katze ist, die denkt sich schnell ein neues Spiel aus.

12. Kapitel

Abschied von Moritz und Tipsy Paw

An einem Wochenende mitten im Juli war es so weit: Moritz und Tipsy Paw wurden abgeholt. Da es keine passende Transportbox gab, wurden sie kurzerhand in einen Rucksack gesteckt und per Bus in ihre neue Heimat transportiert. Tagelang vorher schon hatte ich alle Arten ähnlicher Szenen in Gedanken durchgespielt. Alle endeten mit zwei zutiefst erschrockenen, aber dann auf Abenteuer ausziehenden Katerchen, die in einer Jurtensiedlung ihre ersten Schritte machten und auf eine Maus trafen! Trotzdem schlich ich etwas trostlos durch die Gegend. Nun wurde das erste Stück aus unserer lebendigen, bunten Familie herausgeschnitten. Ich konnte nur das tun, was alle Eltern tun, wenn sie ihre Kinder verlieren: hoffen, dass es ihnen gut gehen möge, und heimlich mit sich selbst ins Gericht gehen, ob man auch alles getan hat, um die Kleinen gut auf ihre Zukunft vorzubereiten.

Zum Abschied:
Moritz, mein eleganter Bursche: Hoffentlich habe ich dir keinen Bärendienst erwiesen, als ich immer wieder versucht habe, dir deine Angst vor den Menschen zu nehmen.

Tipsy Paw, mein kleiner schöner Kater: Meine schönste Erinnerung an dich wird immer jene

Nacht bleiben, in der du dich in meinen rechten Arm eingekuschelt und die ganze Nacht darin geschlafen hast.

Nun waren es nur noch drei. Schweren Herzens legte ich mich schlafen und wartete auf Mikeschs Reaktion.

Natürlich merkte sie, dass nicht mehr alle fünf um sie herumschwirrten. Aber erstaunlicherweise schien sie es leicht zu akzeptieren. Sie waren schließlich schon groß genug, und auch in freier Wildbahn wären sie wahrscheinlich jetzt für längere Zeit verschwunden.

Dennoch lief Mikesch nach ungefähr 24 Stunden anklagend maunzend in der Wohnung umher. Es war ja nicht ungewöhnlich, dass zwei Kätzchen für ein paar Stunden verschwanden. Meistens schliefen sie dann irgendwo eingekuschelt, und Fressen, Mamas Rufen, ja selbst das Beruhigungsnuckeln waren nicht so wichtig. Aber nun waren und blieben Moritz und Tipsy verschwunden. Max, Putzi und das Kleine tobten durcheinander, rannten kreuz und quer durch alle Zimmer, und wenn sie die Kurven nicht richtig einschätzten, rasten sie auch mal direkt in Mama hinein.

Nach ein paar Streicheleinheiten und einem kleinen Vortrag ließ sich Mikesch beruhigen. Ich hatte offenbar den richtigen Ton getroffen. Was den Inhalt meiner Worte betraf, also dass die beiden es wirklich gut getroffen hatten: Ich hoffte es wohl, würde es aber niemals mit Sicherheit wissen. Es war also besser, es sich zumindest einzureden.

Drei Tage später erzählte man mir, dass die beiden gut angekommen waren. Sie hatten sich gleich bei Ankunft unter das Bett verkrochen und kamen erst nachts zum Vorschein. Sie rumorten in der Jurte herum und entdeckten und eroberten ihre neue Umgebung. Das Experiment war also geglückt.

13. Kapitel

Sich lösen ist gar nicht so einfach ...

... und ich muss gestehen, dass es Mikesch leichter fiel als mir. Immer wieder stand sie vom Säugen auf und ließ ihre Kinder zurück. Sie ging ein paar Schritte und legte sich in eine andere Ecke der Wohnung. Sie schaute ihnen beim Spielen und Toben zu (machte auch mal kurz ein Spielchen mit), und dann zog sie sich einfach in ein anderes Zimmer zurück und schlief.

Jetzt, da ich Moritz und Tipsy Paw abgegeben hatte, wurde mir öfter schwer ums Herz, wenn ich den kleinen Maxl oder die beiden Mädels streichelte. Irgendwie gehörten sie mir schon nicht mehr, und es war nur noch eine Frage von Tagen, bis sie mir nicht mehr entgegenkommen würden, wenn ich abends nach Hause kam. (Ergab es dann überhaupt noch Sinn, abends nach Hause zu gehen?)

Besonders wenn ich das Prinzesschen, den Racker, die kleine Hexe streichelte und ihr mittlerweile weiches, glänzendes Fell unter meinen Fingern spürte, zerriss mich die Frage: Tat ich das Richtige für sie? Oder war ich nur feige und drückte mich vor der Verantwortung? Diese Frage würde bleiben, auch wenn die kleine Katze schon längst nicht mehr bei mir sein würde.

Das Prinzesschen sollte ja »aufs Land«. Das hieß in der Mongolei die endlos weite Steppe. Es gab dort keine Deckung, keinen Schutz. Zwar gab es Mäusemahlzeiten, und vielleicht erwischte mein kluges Prinzesschen auch den einen oder anderen Vogel, der nicht aufpasste, wenn sie sich tief genug ins hohe Gras drückte. Aber erstens war ihre schwarze Farbe in der Steppe keine Tarnung, und dann war die Umgebung auch nicht für Katzen geeignet. Je nachdem, wo die Nomaden ihre Jurten aufstellten, gab es manchmal kilometerweit keinen einzigen Baum und auch keine Höhlen, in denen man sich verstecken konnte. Im Winter wurde es empfindlich kalt. Temperaturen von −30°C waren keine Seltenheit auf dem Land. Selbst in der Hauptstadt fielen die Temperaturen ab und zu so tief. Dann ging man wirklich nur aus dem Haus, wenn es sich gar nicht vermeiden ließ.

Und dann der schlimmste aller Gedanken: Ich sehe mein kleines schwarzes Prinzesschen durch die Steppe streifen. Sie erspäht ein Insekt und duckt sich, um es anzuspringen. Ihre Öhrchen bewegen sich vor und zurück, ihr schwarzes Schwänzchen zuckt vor Aufregung. Ihre Augen fixieren ihre Beute. »Gleich«, denkt sie sich, »noch zwei Schritte, dann hab ich dich in meinem Schnäuzchen.« Da stößt von oben lautlos ein Bussard oder Falke herab, und mein Kätzchen wird von seinen Klauen in die Luft gerissen. Es schreit vor Schmerz, aber der Raubvogel hält fest. Schließlich braucht er Futter für sich und seine Jungen. Mein kleines schwarzes Kätzchen, mein kleiner Freund und Liebling, der immer auf mich zukommt und mich aufmerksam anschaut, wird in kleine Stückchen zerrissen und an junge Vögel verfüttert.

Nein, ich konnte sie nicht aufs Land geben. Wenn ich das tat, würde ich die Vision vom Raubvogel nie mehr los.

Ich bat deshalb den Kollegen, der sich Putzi ausgesucht hatte, das Prinzesschen ebenfalls zu nehmen. Das passte wirklich gut, denn seit Moritz und Tipsy Paw weg waren, hatte der kleine Maxl sich oft zurückgezogen und abgesondert. Die beiden Mädels steckten immer zusammen und kuschelten und leckten sich gegenseitig. Der Kollege stimmte zu, und ich versprach, die beiden zu bringen und ihnen und ihm den gemeinsamen Start zu erleichtern.

14. Kapitel

Abschied von Putzi und dem Prinzesschen

Ein weises Sprichwort sagt, dass die Dinge passieren, wenn es an der Zeit ist, dass sie passieren. Ich hatte es nicht eilig, Putzi und das Prinzesschen abzugeben. Also verhielt ich mich ganz still. Wenn es geschah, war es früh genug. Als der Kollege dann wirklich auf mich zukam und sagte, am Abend wolle er die beiden Kätzchen abholen, denn seine Frau habe zu Hause schon alles vorbereitet, ging es mir plötzlich überhaupt nicht mehr gut.

An diesem Tag war im Büro nichts mehr mit mir anzufangen. Immer wieder standen mir die Tränen in den Augen, und ich flüchtete öfters auf die Toilette, um mich nicht jedesmal vor den Kollegen rechtfertigen zu müssen, weil die Tränen liefen, ohne dass ich etwas dagegen tun konnte. (Wie war das mit den Vernunftgründen und den Gefühlen, die unmissverständlich signalisieren, was wirklich wichtig ist?) Gut, dass ich angeboten hatte, die Kätzchen persönlich zu bringen. Das gab mir zumindest das Gefühl, die Situation unter Kontrolle zu haben. Und das war wichtig, denn sonst würde ich das Kapitel »Putzi und das Prinzesschen« niemals abschließen. Der Kollege war sehr verständnisvoll.

Wir verstauten also direkt nach Feierabend die beiden Mädels in dem Umzugskarton, der ihnen damals

als erste Höhle gedient hatte (auch der alte Pullover war noch da, ungewaschen, so dass er nach Mikesch, den Geschwistern und »Heimat« roch). Ich packte ein paar Lieblingsspielzeuge ein und vor allem ihr Lieblingsessen. Es waren noch ein paar Stückchen bestes Rindfleisch im Kühlschrank, und die wurden kleingeschnitten und eingepackt. Dann ging es in das neue Zuhause.

Dort warteten schon die beiden Kinder auf den Familienzuwachs. Nacheinander wurden Putzi und das Prinzesschen in ihr neues Heim gesetzt. Natürlich hatten die beiden etwas Angst und versteckten sich schnell unter dem Bett. Aber ganz so schlimm war es nicht. Schließlich war ich ja da. Das Prinzesschen, neugierig und frech wie eh und je, kam zuerst ans Tageslicht und wurde mit den Fleischstückchen gefüttert. Putzi nahm nur ein Stückchen, aber immerhin, in der Sicherheit der Höhle unter dem Bett wurde es gegessen. Dann wurden die beiden in die Küche geführt, wo ein Schälchen mit Katzenfutter wartete. Nein, das war jetzt nicht das Richtige. Erst musste die Küche inspiziert werden. Hier gab es interessante Ecken, in die man sich zurückziehen konnte. Und wenn man wollte, konnte man wieder hervorkommen. Dem Prinzesschen wurde es schnell zu langweilig, sich immer nur zu verstecken. Es kam an, schnupperte und ließ sich sogar von den Kindern streicheln. Die erste Hürde war geschafft.

Putzi hatte sich derweil verkrochen: Unter dem Küchentisch saß es sicher auf einem Stuhl eingekuschelt.

Als ich mich unter den Tisch zwängte, um es zum Abschied zu streicheln, schnurrte es. Alles war in Ordnung. Den beiden würde es gut gehen. Und falls es nicht klappte: Die Option, die beiden zurückzunehmen, hatte ich mir offen gehalten.

Zum Abschied:
Mein kleines Putzi: Mögest du immer ein Schälchen voller Milch und liebe, streichelnde Hände finden.

Mein freches Prinzesschen, meine kleine Seelenverwandte: Ich wünsche mir, dass unsere Seelen sich wiederbegegnen und wir wieder Freunde werden können.

15. Kapitel

Diesmal ging's schief

24 Stunden später waren Putzi und das Prinzesschen wieder bei mir. Es stellte sich heraus, dass die Familie die Kätzchen zwar gerne gehabt hätte, die Kinder aber doch noch zu klein waren. Die beiden Katzen hatten sich versteckt und nicht mehr aus dem Versteck hervorgewagt, weil das Kleinste der Kinder ständig hinter ihnen her war, mit Spielzeug nach ihnen schlug und am Schwänzchen ziehen wollte.

Schade. So wurde es für Putzi und das Prinzesschen nur ein kurzer Ausflug, und sie kamen zurück zu Mikesch, Maxl und mir. Sie schüttelten alle Erlebnisse schnell ab und tobten wieder genauso wild wie immer durch die Gegend.

Es war eine gute Entscheidung, denn ich erinnere mich, dass ich selbst für mein erstes Kätzchen noch zu klein gewesen war und dem Tierchen keine leichte Zeit bereitet hatte. Und ich bewunderte den Kollegen für seine Klarsicht und beherzte Entscheidung, denn schließlich waren die beiden ja »nur« Katzen. Als er tagsüber im Büro ankündigte, dass die beiden Kätzchen wieder zu mir zurückkommen würden, und sagte: »Es tut mir Leid«, antwortete ich: »Mir nicht.« Und ich meinte es von Herzen. Ich war am Abend zuvor völlig geknickt gewesen, hatte Maxl auf den Schoß genommen und geheult wie ein Schlosshund. Zu wissen, dass die beiden zurückkamen, war wie ein Omen, das besagte: Wir gehören zusammen.

16. Kapitel

Mikesch wird sterilisiert

Bis hierhin handelte die Geschichte fast nur von den Katzenkindern. Mikesch war viel zu kurz gekommen und das, obwohl sie eine prima Mutter war. Bis auf einige wenige Tage, an denen sie anfing, ihre verbliebenen drei Kleinen beim Spiel so fest zu beißen, dass sie vor Schmerzen schrien. Aber vielleicht war das nötig, denn wie sonst sollte ein kleiner halbstarker Kater lernen, dass es auch noch jemanden gab, der stärker war und sich nicht alles bieten ließ?

Was meine schwarzweiße Freundin nicht wusste: Ich hatte mit einer Ärztin telefoniert und gefragt, wie bald nach einer Geburt man eine Mutterkatze sterilisieren kann. Nach acht Wochen, hieß es, aber es dauerte dann doch noch drei Wochen länger, bis alles passte und ich einen Termin vereinbaren konnte. Als es dann so weit war, wurde ich misstrauisch: Mikeschs Bäuchlein rundete sich. Nun ja, sie erhielt bestes Futter, und dies reichlich. Und natürlich änderte sich ihre Figur, denn die Milch versiegte während der letzten Woche ganz, und die Kätzchen nuckelten nur noch aus Gewohnheit und Trost. Trotzdem: Mikesch rieb ihr Köpfchen an den Stuhlbeinen, sie wurde anschmiegsam, und sie wurde aggressiv ihren Kleinen gegenüber. Ich wurde wirklich mehr als argwöhnisch.

Hinterher war man natürlich immer klüger; und so erinnerte ich mich nicht nur daran, Mikesch zweimal mit einem Kater gesehen zu haben (na ja, schließlich säugte sie noch die Jungen), sondern auch, dass sie ihre Geschlechtsteile öfters geleckt hatte, dass Maxl und Putzi mehr als einmal ausgiebig an ihrem Geschlecht geschnuppert hatten, und schließlich, dass sie seit einer Woche wieder fraß wie ein Scheunendrescher. Ich hatte einfach das ungute Gefühl, zu spät zu kommen.

Mit diesen Gedanken kamen natürlich alle anderen vernünftigen »Menschengedanken«: Was, wenn sie nun nicht sterilisiert werden konnte und noch einmal Babys zur Welt brachte? Diesmal würde es Oktober, vielleicht November werden, bis sie gebären würde. Und im Oktober fiel in Ulan Bator normalerweise schon der erste Schnee. Sicher würde sie mir diese kleinen Bündel auch wieder vor die Tür setzen, und mit noch mehr Recht, denn im November oder Dezember würde es bitterkalt sein. Noch einmal würde es mir wohl kaum gelingen, eine Meute von fünf Katzenbabys zu vermitteln. Ich würde die Ärztin also fragen müssen, ob sie in einem solchen Fall die Babys einschläfern könnte. – Bei dem Gedanken wurde mir erst mal schlecht.

Nun ja: Mikeschs Termin war anberaumt, und ich musste abwarten. Mit einer Liste voller Fragen kam ich zu der Ärztin. Sie tastete Mikesch zuerst einmal gründlich ab. Ja, sie war wohl wieder trächtig, aber die Katzenbabys waren noch so winzig, dass eine Sterilisation dennoch möglich war.

Diesmal siegte die Vernunft über das Gefühl: Mikesch wurde sterilisiert. Es war schon ein komisches Gefühl, eine Freundin, die man liebgewonnen hatte, in tiefster Narkose zu sehen und nach Hause mitzunehmen, ohne zu wissen, wie die Operation verlaufen war. Stundenlang saß ich bei ihr, stand auf und machte lauter kleine, unnütze Arbeiten in der Wohnung, um bald wieder nach ihr zu schauen. Aber die Narkose dauerte endlos. Am frühen Abend legte ich mich ein Stündchen zu ihr, denn wenn sie erst nachts erwachte, würde sie wohl die ganze Nacht vor Schmerzen schreien und unruhig sein, und an Schlaf war dann natürlich nicht mehr zu denken.

So war es auch. Mikesch erwachte erst spät abends, jedoch ohne Geschrei und somit wohl auch ohne Schmerzen. Sie war nur so völlig benommen von der Narkose, dass sie nach jedem zweiten, wankenden Schritt aufgab und sich wieder entkräftet hinfallen ließ. An Trinken war nicht zu denken, beim ersten Schluck Wasser musste sie sich übergeben. Dann ruhte sie wieder.

Jedesmal, wenn sie das Köpfchen hob, war ich hellwach. Bis morgens um sechs dauerte diese Phase, dann schliefen wir beide völlig erschöpft ein. Zum Glück war Wochenende, denn auch die Kleinen mussten versorgt werden. Maxl war noch nicht abgeholt, Putzi und das Prinzesschen waren zurückgegeben worden, und so musste ich jetzt Mutter und Kinder fast gewaltsam getrennt halten. Mikesch blieb im Schlafzimmer, denn das war der sauberste

Ort, und hier konnte sie sich auch nicht so leicht an etwas verletzen. Die Kleinen tobten derweil durch die übrige Wohnung.

Das ganze Wochenende über saß ich fast ausschließlich bei Mikesch. Sie hatte an nichts mehr Interesse. Nicht einmal fressen wollte sie. Nun ja, das war o.k. Nach Angaben der Ärztin sollte sie eh ein bis zwei Tage nichts fressen. Frühestens nach einer Woche durfte sie wieder nach draußen. Aber es sah nicht so aus, als wollte sich Mikesch überhaupt wieder fangen. Wenn sie kurz aufwachte, drehte sie sich nur von einer Seite auf die andere und schlief dann weiter. Wasser – nein danke. Ein paar Schlucke Milch – igitt. Meine Streicheleinheiten gingen irgendwie an ihr vorbei. Es drang nichts mehr zu ihr durch.

Der einzige Unterschied zu vorher bestand darin, dass sie gerne auf das Bett wollte. Natürlich war sie viel zu schwach, um es alleine zu schaffen, und so hob ich sie auf die Bettdecke und ließ sie dort. Stündlich sah ich nach ihr, aber sie zeigte keine Reaktionen. Allmählich fragte ich mich, ob ich es wagen konnte, am Montag zur Arbeit zu gehen.

Spät am Sonntagabend – ich passte nicht genau auf – huschte der kleine Maxl durch den Türspalt zu Mikesch und schnupperte im Zimmer herum. Es roch ja jetzt ganz anders; zwar immer noch nach Mama, aber da waren noch so andere komische Gerüche …

Als ich nach ein paar Minuten durch Zufall bemerkte, dass Maxl sich an mir vorbeigeschlichen hatte, und ihn schnellstens wieder hinausbefördern wollte, wurde ich eines Besseren belehrt, denn endlich interessierte sich Mikesch für etwas. Sie wollte vom Bett herunter und zu ihrem kleinen Sohn. Der war natürlich begeistert, Mama wiederzusehen. Wo hatte sie sich nur die zwei letzten Tage versteckt? Mikesch leckte ihn und wirkte fast normal. Dennoch wollte ich das nicht überstrapazieren (ich konnte auch nicht wissen, wie empfindlich ihre Wunde war) und beförderte Maxl nach einigen Minuten aus dem Zimmer.

Montag früh ließ ich die drei Kätzchen kurz zu Mikesch, die richtig aufblühte. Sie konnte sich zwar noch nicht gut bewegen, aber es war zweitrangig, dass sie ihre volle Koordination noch nicht zurückhatte.

Sie leckte alle drei Katzenkinder ab und war sichtlich enttäuscht, dass ich die Kleinen nach ein paar Minuten entfernte, denn ich musste ja zur Arbeit gehen. Abends durfte die Familie wieder zusammenkommen, und ich überlegte schon, ob ich sie überhaupt noch trennen sollte, da versuchte der kleine Maxl zu nuckeln – nun aber schnell zugegriffen, ehe er Schaden anrichten konnte!

Damit war das Thema erst mal vom Tisch: keine unbeaufsichtigten Familienzusammenkünfte mehr! Tut mir ja sehr Leid, aber die paar Tage Geduld müsst ihr aufbringen, meine Lieben. Stellt euch nur vor, was passiert, wenn sich durch eure Nuckelei oder ein wildes Spiel die Wunde öffnet! Es war auch gut, Maxl von Mikesch fernzuhalten, denn er sollte ja bald abgeholt werden. Es war wohl besser, wenn Mikesch nach ihrer Operation nur noch Putzi und das Prinzesschen vorfand; dann gab es auch keinen zusätzlichen abrupten Abschied von Maxl mehr.

(Ach, wenn ich doch Mikesch hätte fragen können, ob sie das auch so sah. Aber leider, so gut meine Katzenfreundin und ich uns auch verstanden, bei diesen Dingen fehlten mir doch die Sprachkenntnisse, und ich würde nie erfahren, ob sie in gewissen Momenten einzelne ihrer Kinder vermisste und wie sie unsere gemeinsame Katzenkinder-Adoptionsgeschichte sah.)

Die anderen toben noch, aber Maxl ist müde und ist schon eingeschlafen. Ich streichle sein Köpfchen und

stecke meine Nase tief in sein Fell, um seinen Baby-geruch zu riechen. Überall streichle ich ihn – seinen Rücken, seinen Bauch, auch die Pfötchen. Er zuckt noch nicht einmal mit den Ohren, fängt nur kurz an zu schnurren und sinkt dann noch tiefer in den Schlaf. Gibt es etwas Schöneres, als das vollkommene Vertrauen und die Zuneigung eines kleinen Tieres zu besitzen?

Der kleine Max konnte seine Persönlichkeit eigentlich erst dann entfalten, als alle anderen weg waren. Vorher war er ein bisschen untergegangen: immer lieb, immer verschmust, immer nachgiebig – er fiel kaum auf. Sein besonderer Charme kam erst voll zur Geltung, als Putzi und Prinzesschen (scheinbar) ein neues Zuhause gefunden hatten und er sich immer wieder um meine Aufmerksamkeit bemühte. Leider hatte er nicht viel Zeit, denn Putzi und das Prinzesschen kamen ja nach 24 Stunden schon wieder zurück (siehe Kapitel 15). Trotzdem verstand es der Kleine, in diesen 24 Stunden mein Herz völlig für sich zu erobern.

Er sah mich genauso unverwandt an, wie das Prinzesschen das immer tat. Er leckte so hingebungsvoll wie Putzi, und sein Spiel war längst nicht so frenetisch-wild wie das der anderen. Im Gegenteil: Wenn man mit ihm spielte, endete sein Beißen und Festhalten unweigerlich in Lecken und Kuscheln.

Er war eben »der Kleine«. Er wurde schneller müde und schlief öfters; er saß beim Fressen ganz brav am

Napf und aß sachte ein Stückchen Fleisch nach dem anderen, ohne die anderen anzuknurren oder demonstrativ mit seinem Stückchen zu verschwinden. Ich weiß nicht, ob hier das Sprichwort vom stillen Wasser gilt, das sehr tief ist. Auf jeden Fall war der kleine Maxl ein zutiefst liebevolles Tierchen. Er kam immer wieder auf mich zu, wenn ich im Schneidersitz auf dem Boden saß, um sich in die Beinkuhle einzukuscheln. Endlich hatte er meine ungeteilte Aufmerksamkeit, und ich wurde beim Streicheln nicht durch glänzendes schwarzes Fell, eine putzige graue Nase oder anderes abgelenkt.

Und was ebenfalls schön für ihn war: Endlich konnte er in Ruhe schlafen. Vorher waren stets seine Geschwister um ihn gewesen, und irgendeines der vier anderen wollte garantiert immer spielen, wenn er schlief. Er wurde ins Öhrchen gebissen oder in den Schwanz, man fiel ihn mitten im Schlaf an und weckte ihn – das war nun vorbei. War das Leben plötzlich friedvoll. Und einsam. Ich weiß nicht, was er selbst am stärksten empfunden hat: die schöne ungetrübte Ruhe oder das Alleinsein in der großen Wohnung. Aber wie auch immer: Der kleine Max war derjenige, der es schaffen würde, eine Einzelkatze zu sein.

17. Kapitel

Maxl wird abgeholt

Als Maxl abgeholt wurde, ging alles sehr schnell. Die erwachsenen Kinder der Familie – es waren insgesamt fünf – kamen alle gemeinsam, um ihren neuen Hausgenossen zu holen. Auf meinen Rat hin hatte man extra eine kleine Pappbox mit Löchern für den Transport gebastelt, und ein weiches Deckchen lag auch darin. Reihum wurde der Kleine beguckt, gestreichelt und gehätschelt. Alle fanden ihn sehr süß, und auch Maxl war, obwohl anfangs etwas verschreckt, bereit, sich von allen ausgiebig streicheln zu lassen.

Nun wurden noch ein paar Fragen geklärt, bei denen mir doch etwas mulmig wurde (Was bekommt er zu fressen? Wie lange schläft er? Wie oft spielt er?), aber wahrscheinlich war das nur der Übereifer. Man wollte halt alles richtig machen. Als die Kinder hörten, was für ein liebes und verspieltes Katerchen sie bekamen, waren sie begeistert. Sicher dachten einige insgeheim schon daran, den neuen Hausgenossen ihren Schulkameraden vorzuführen – weswegen ich empfahl, ihn in der ersten Woche nur von Familienmitgliedern streicheln und füttern zu lassen. Er wisse sonst nicht, wohin er gehöre. Das leuchtete ein, und man zog mit ihm ab. Mein kleiner Maxl, nun bist du auch fort.

Maxl: Du warst es, der mit hingebungsvoller Ausdauer meine Nase, meine Wange und mein Kinn
sauberleckte und mich davon überzeugte, dass auch
ein Katerchen »mütterlich« sein kann. Ich werde
mich immer an dein liebes Gesichtchen erinnern.
Ich wünsche dir, dass dir die Menschen, bei denen
du wohnen wirst, genauso viel Liebe zurückgeben,
wie du sie ihnen sicher schenkst.

18. Kapitel

Mikesch

Eigentlich verdiente Mikesch mehr als nur ein eigenes Kapitel. Mit ihr fing schließlich alles an. Sie schaffte es, ihre Kinder alleine auf die Welt und durch die ersten Lebenswochen zu bringen, und sie war bis zuletzt präsent und ständig besorgte Katzenmutter, die auch die groß gewordenen Babys immer wieder liebevoll leckte.

Arme Mikesch. Aber es muss einmal ganz ehrlich gesagt werden: Während der drei Monate, in denen die fünf Katzenkinder die Wohnung unsicher machten, bekam Mikesch nicht sehr viele Streicheleinheiten ab. Immer war es anziehender, einen kleinen Fellball hochzuheben und zu knuddeln. Mikeschs schwarzweißes Fell dagegen wurde nur kurz mit dem Spruch »Du bist aber eine liebe Katzenmami« berührt. Ich könnte mir gut vorstellen, dass Mikesch öfters dachte: »Wenn doch die Kinder erst aus dem Haus wären, dann könnte alles wieder so sein wie früher.«

Nun, ich werde nie erfahren, ob sie sich das wirklich ausgemalt hat, aber ich könnte es ihr nicht verdenken. Erst als die beiden Mädels größer waren, als Mikeschs Operation ein Erfolg war und als sich unser Leben als »Weiberhaushalt« zu normalisieren begann, wurden die Streicheleinheiten wieder einigermaßen gleichmäßig verteilt.

Nachdem Maxl abgeholt worden war – es war direkt nach Mikeschs Operation –, hielt ich Mikesch und ihre beiden Mädels noch eine ganze Woche lang getrennt. Tagsüber waren sie in verschiedenen Zimmern mit kompletter Futter- und Toilettenausrüstung eingesperrt, nur abends und frühmorgens durften sie zusammensein. Und das nicht ohne meine Aufsicht, denn natürlich wollten Putzi und das Prinzesschen richtig wild mit ihrer Mutter spielen. Mikesch machte auch mit, und mehr als einmal kniff ich die Augen zusammen, wenn Mikesch im Clinch mit einer ihrer Töchter lag und das Kleine an ihren Bauch und vielleicht auch die frische Narbe herankam. Es schien fast, als sei Mikesch durch die Operation verjüngt worden, denn vorher war sie immer nur das Muttertier und kaum Spielgefährtin gewesen. Wie schön für sie, dass das Leben nun auch eine spielerische Seite hatte und sie nicht mehr auf den Überlebenskampf draußen angewiesen war.

Obwohl ich der Meinung war, dass mit der Sterilisation auch ein Großteil der (hormonellen) Muttergefühle verschwinden würden, sorgte sich Mikesch rührend um ihre beiden verbliebenen Töchter. Ungefähr eine Woche nach der Operation – ich stand in der Küche und bereitete eine Mahlzeit vor – hörte ich, wie im angrenzenden Zimmer plötzlich unvermittelt ein richtiges Schnurrkonzert, bestehend aus drei Stimmen, einsetzte. Natürlich konnte ich nicht widerstehen und ging hinüber. Und was musste ich sehen?

Die beiden großen Mädels (sie waren ja jetzt schon drei Monate alt) nuckelten an ihrer Mutter, die sich genüsslich auf die Seite geworfen hatte und ebenfalls schnurrte! Ich war völlig erschüttert. Beide Kätzchen wendeten den Milchtritt an, nicht zu heftig, aber doch stetig. Da ich schon bei vorherigen Gelegenheiten die beiden immer wieder von den Zitzen abgewehrt hatte, war ich spontan versucht, sie wegzureißen. Aber dann ließ ich es bleiben: Wenn es Mikesch weh tat, konnte sie sich schließlich selbst wehren.

Ich weiß nicht, was genau Mikesch und die Kleinen davon hatten, denn Milch gab es ja keine mehr. Andererseits taten ihr die Kleinen offenbar nicht weh, und alle drei trösteten sich gegenseitig mit diesem Ritual, denn sie waren ja wieder zusammen: Mikesch hatte diese schlimme Operation überstanden und war zurück bei ihren Katzenkindern. Und Putzi und Prinzesschen waren zurück von ihrem 24-Stunden-Ausflug und durften wieder Kind sein und bei Mama nuckeln. Es ist wirklich so: Ein Leben mit Katzen ist eben ein Leben voller Überraschungen und Entdeckungen!

19. Kapitel

Was wird mit Mikesch?

Nicht alle Geschichten haben ein Happy End.

Putzi, dem Prinzesschen und auch Mikesch ging es weiterhin gut. Zusammen brachten sie ihre erste Wurmkur und ihre wichtigsten Impfungen hinter sich. Mikesch war, wie immer, ein Vorbild. Die Ärztin, die sie ja schon sterilisiert hatte, war denn auch begeistert von ihr und sprach davon, wie klug Mikesch sei.

Mikesch setzte ihre nächtlichen Streifzüge fort, auch als es bitterkalt wurde. Morgens kam sie fast immer pünktlich zurück. Manchmal stürzte sie sich direkt aufs Frühstück. Dann wusste ich, in dieser Nacht hatte sie keine Maus und keinen Vogel erwischt. Das Begrüßungsritual der drei war jedesmal kurz, aber herzlich. Manchmal schnupperten die beiden Kleinen ausgiebig: Mama roch wieder mal aufregend!

Zusammen tobten sie dann durch die Wohnung, beschlichen sich gegenseitig, kämpften, sausten über Tische und Stühle bis hoch auf die Regale, und wenn sie müde wurden, kuschelten sie sich zusammen und schliefen im Bett oder auf weichen Kissen. Die Kleinen wurden größer und waren bald keine Kleinen mehr. Und eine weitere Überraschung: Das Prinzesschen wurde immer hübscher.

Eigentlich hätte alles schön sein und so weitergehen können. Aber meine Zeit in der Mongolei lief ab. An meinem neuen Wohnort würde ich nur eine Wohnung, aber keinen Balkon und auch keinen Garten haben. Das hieß für uns alle: Mikesch musste zurückbleiben. Ich hatte zwar schon mehrmals versucht, sie ganz an die Wohnung zu gewöhnen – und gerade bei den tiefen Temperaturen im Winter hatte ich gehofft, Mikesch würde nicht mehr freiwillig aus dem Haus gehen –, aber diese Hoffnung war leider vergebens. Auch bei −20°C und kälter saß Mikesch abends an der Tür und maunzte. Sie fing sich Extrarationen Mäuse und Vögel, wenn ihr meine Portionen nicht reichten oder nicht schmeckten. Ob ich es nun akzeptieren wollte oder nicht: Mikesch war nun mal eine erwachsene Katze, die für sich selbst sorgte.

Ich musste also meine liebe Freundin zurücklassen. Welche Möglichkeiten hatte ich zu garantieren, dass es ihr auch wirklich gut gehen würde?

Ein Kollege wollte sie aufs Land und an eine mongolische Familie mit Hund vermitteln. Aber das ging nicht. Wie ich nämlich mit Hilfe eines kleinen Welpen feststellen konnte, hatte Mikesch wohl schlimme Erfahrungen mit Hunden gemacht. Sie hatte Angst vor dem winzigen Welpen, der ihr nun wirklich nichts tun konnte, und rannte panikartig weg – in der Steppe ohne rettende Bäume wäre ein solches Verhalten ihr sicherer Tod.

Wieder stellte sich beim Vermitteln heraus: Eine ausgewachsene Katze (das heißt eine Katze, die einen eigenen Kopf hatte und kein hilfloses Jungtier mehr war) wurde nicht gebraucht, eine weibliche schon gar nicht. Nicht einmal der Umstand, dass sie sterilisiert war, half. Die Impfungen, die sie schon hinter sich gebracht hatte, waren in der Mongolei, in der noch nicht einmal viele Menschen geimpft sind, sowieso uninteressant. Wenn eine Katze an Katzenschnupfen starb, dann starb sie halt.

Ich versuchte es immer wieder, musste aber feststellen, dass es für Mikesch wohl keinen Platz geben würde. Was sollte ich nur tun, die beiden Kleinen einpacken und einfach verschwinden? Mikesch zurücklassen, maunzend vor unserer Wohnungstür, die dann zuerst von mongolischen Malern und Handwerkern und später von fremden Menschen geöffnet würde?

Je mehr Zeit verstrich, umso tiefer sank meine Stimmung. Wo war eine Lösung?

Meine liebe Mikesch: Noch liegst du auf deinem Lieblingskissen und schläfst tief und fest. Noch weißt du nichts davon, dass wir alle bald Abschied von dir nehmen müssen. Du bist ein so kluges Tier, eine stolze Katzenpersönlichkeit – wie können wir dich einfach zurücklassen? Wieso findet sich keine Lösung?

Noch eine einzige Möglichkeit war offen: Ein russisches Ehepaar, das eigentlich in der Mongolei wohnte, sich aber vorerst noch »zu Hause« in Russland aufhielt, war an einer Katze interessiert. Viele Russen sind große Katzenliebhaber. Wenn sich dieses Ehepaar auf Katzen verstand, hätte Mikesch eine echte Chance, denn sie könnte weiterhin nach draußen und sich ihre Mäuse und Vögel selbst fangen, hätte aber doch eine Familie, die sich um sie kümmerte. Wenn sich alle verstanden, könnte Mikesch ihr früheres Leben mit Putzi, dem Prinzesschen und mir über den Streicheleinheiten und der Fürsorge ihrer neuen Familie allmählich vergessen. Vielleicht klappte es ja – vielleicht, wenn das Ehepaar erst zurückkam und sich die wunderschöne, stolze Katze Mikesch anschaute – vielleicht …

Nachwort

Manchmal gibt es eben doch ein glückliches Ende. Mikesch wurde von meiner Nachfolgerin übernommen. Das bedeutete, dass sie jetzt, wo ihre beiden Töchter weg waren, endlich uneingeschränkt die Nummer eins für ihre neue Menschenfreundin sein konnte.

Auch wenn sie die wilden Zimmerjagden mit Putzi und dem Prinzesschen und die anschließenden Schmuse- und Ruhestunden sicher vermissen wird, habe ich doch die Gewissheit, dass es ihr gut gehen und sie liebevoll betreut wird.

Meine wunderschöne schwarzweiße Freundin, ich wünsche dir alles Gute.